Ursula Baltz-Otto (Hg.)

Licht über Bethlehem

Licht über Bethlehem

Weihnachten zum Nachdenken

Herausgegeben von
Ursula Baltz-Otto

Benziger Verlag
Zürich und Düsseldorf

Umschlag:
Grafik Design Reckels & Schneider-Reckels, Wiesbaden
unter Verwendung des Bildes «Kairuan I» von August Macke
(© Bayerische Stattsgemäldesammlungen,
Staatsgalerie moderner Kunst, München)

Illustrationen:
Wolfgang Quaiser

Die Deutsche Bibliothek – CIP-Einheitsaufnahme
Licht über Bethlehem:
Weihnachten zum Nachdenken /
hrsg. von Ursula Baltz-Otto –
Zürich ; Düsseldorf : Benziger, 1999
ISBN 3-545-20168-6

Satz: Utesch GmbH, Hamburg
Druck und Einband: Clausen & Bosse, Leck
ISBN 3-545-20168-6

Inhalt

Weihnachten – Für Christen und Nichtchristen

Weihnachten – Die Geburt Jesu

Weihnachten – Das Fest der Liebe

Vorwort

Kann man Weihnachten erklären?

Kann man Weihnachten auf den Begriff bringen?

Nein, das glaube ich nicht. Mit der Sprache der Erklärung können wir uns nur in einem ganz bestimmten Umkreis von Fragen bewegen. Das sind *Sachfragen* wie etwa folgende: Wie ist die Weihnachtsgeschichte im Lukasevangelium aufgebaut? Oder: Welche literarische Form hat diese Geschichte? Oder: Welche Rolle spielen zur Zeit Jesu, also in der Spätantike, Hirten, und was ist der zeitgeschichtliche Hintergrund der Engelbotschaft? Das sind Sachfragen, aber keine Existenzfragen.

Existenzfragen zielen auf das Leben des heutigen Hörers oder Lesers der alten Weihnachtsbotschaft. Existenzfragen wollen an den Tag bringen, welche Lebensbedeutung alte Überlieferungen, alte Geschichten und Erzählungen für das Leben von Zeitgenossen haben, also für das Leben, das so unendlich weit entfernt ist von der Welt, in der die alten Geschichten erzählt worden sind.

Bertolt Brecht erzählt folgende Geschichte:

«Von der Schauspielerin Z hieß es, sie habe sich aus unglücklicher Liebe umgebracht. Herr Keuner sagte: ‹Sie hat sich aus Liebe zu sich selbst umgebracht. Den X kann sie jedenfalls nicht geliebt haben. Sonst hätte sie ihm das kaum angetan. Liebe ist der Wunsch, etwas zu geben, nicht zu erhalten. Liebe ist die Kunst, etwas zu produzieren mit den Fähigkeiten des andern. Dazu braucht man von dem andern Achtung und Zuneigung. Das kann man sich immer verschaffen. Der übermäßige Wunsch, geliebt zu werden, hat wenig mit echter Liebe zu tun. Selbstliebe hat immer etwas Selbstmörderisches.›»

Ist das eine Weihnachtsgeschichte?

Nein, das Bildmaterial, das Szenario, der ganze Ablauf der Geschichte, wie wir ihn beim Evangelisten Lukas nachlesen können, kommt hier ja gar nicht vor.

Ich behaupte: Es ist in einem bestimmten Sinn auch eine Geschichte, die sehr genau zum Grundthema von Weihnachten paßt. Der Hauptunterschied liegt allein darin, daß Brecht eine andere Sprache als Lukas spricht, weil er in einer anderen Zeit und Welt lebt.

An dieser Stelle liegt das Problem. Es wird zu oft übersprungen.

Den Sinn einer alten Erzählung, zum Beispiel der Weihnachtsgeschichte bei Lukas, ihre Bedeutung für gegenwärtiges Leben, erreicht man nicht durch immerwährende Wiederholung des alten Textes, der alten Bilder und Worte. Die Existenzbedeutung kann aber greifbar werden, freilich in verhüllter Gestalt, wenn wir auf die alte Erzählung immer neue legen. Darum sind in diesem Buch vielfältige Texte – Geschichten, Gedichte, Reflexionen – versammelt, die nicht die Weihnachtsgeschichte wiederholen, sondern die anregen wollen, die alte Geschichte mit unseren, der Zeitgenossen Leben zu füllen. Die unterschiedlichen Texte haben alle eins gemeinsam. Sie spiegeln je auf ihre Weise Leben. Diese Spiegelungen mögen uns hier und da helfen, die Weihnachtsgeschichte zu verstehen: selbständig und kreativ. Also zu verstehen, was eigentlich dahintersteckt, wenn es heißt: Gott ist Mensch geworden.

Oder: Gott ist Liebe, nicht Selbstliebe. Siehe Brecht.

Es ist ein anderes Weihnachtsbuch, weil es nicht aus der Wiederholung alter Wörter und Vorstellungen lebt, sondern aus der kreativen Kraft gegenwärtiger Sprache.

Ursula Baltz-Otto

Erst das Schweigen
tut das Ohr auf
für den inneren Ton
in den Dingen
in Tier und Baum
und Berg
und Wolke.

Romano Guardini

Die Weihnachtsgeschichte

Lukas 2,1-14

Es begab sich aber zu der Zeit, daß ein Gebot von dem Kaiser Augustus ausging, daß alle Welt geschätzt würde.

Und diese Schätzung war die allererste und geschah zur Zeit, da Quirinius Statthalter in Syrien war.

Und jedermann ging, daß er sich schätzen ließe, ein jeder in seine Stadt.

Da machte sich auf auch Josef aus Galiläa, aus der Stadt Nazareth, in das jüdische Land zur Stadt Davids, die da heißt Bethlehem, weil er aus dem Hause und Geschlechte Davids war, damit er sich schätzen ließe mit Maria, seinem vertrauten Weibe; die war schwanger.

Und als sie dort waren, kam die Zeit, daß sie gebären sollte.

Und sie gebar ihren ersten Sohn und wickelte ihn in Windeln und legte ihn in eine Krippe; denn sie hatten sonst keinen Raum in der Herberge.

Und es waren Hirten in derselben Gegend auf dem Felde bei den Hürden, die hüteten des Nachts ihre Herde.

Und der Engel des Herrn trat zu ihnen, und die Klarheit des Herrn leuchtete um sie; und sie fürchteten sich sehr.

Und der Engel sprach zu ihnen: Fürchtet euch nicht! Siehe, ich verkündige euch große Freude, die allem Volk widerfahren wird; denn euch ist heute der Heiland geboren, welcher ist Christus, der Herr, in der Stadt Davids.

Und das habt zum Zeichen: ihr werdet finden das Kind in Windeln gewickelt und in einer Krippe liegen.

Und alsbald war da bei dem Engel die Menge der himmlischen Heerscharen, die lobten Gott und sprachen:

Ehre sei Gott in der Höhe und Friede auf Erden bei den Menschen seines Wohlgefallens.

Die Weihnachtsgeschichte

in der Übersetzung von Walter Jens

In jenen Tagen befahl Kaiser Augustus
allen Einwohnern des Reichs,
sich in Steuerlisten eintragen zu lassen.
Es war die erste Volkszählung;
sie wurde durchgeführt,
als Quirinius Statthalter in Syrien war –
und alle brachen auf,
um sich eintragen zu lassen:
jeder ging in seine Heimatstadt.
Auch Joseph zog von Galiläa,
aus der Stadt Nazareth,
nach Judäa hinauf,
in die Stadt Davids, die Betlehem heißt;
denn er stammte aus Davids Haus
und wollte sich eintragen lassen:
zusammen mit Maria,
die seine Braut war
und ein Kind erwartete.
Als sie in Betlehem waren,
kam für sie die Zeit der Niederkunft,
und sie gebar ihren ersten Sohn,
wickelte ihn in Windeln
und legte ihn in eine Krippe im Stall.
Denn im Haus war keine Bleibe für sie.
In ihrer Nähe aber waren in dieser Nacht
Hirten auf dem Feld
und hielten Wache bei ihren Herden:
Da stand auf einmal
ein Engel des Herrn neben ihnen,
und die Hirten ängstigten sich sehr.

Aber der Engel sagte zu ihnen:
«Habt keine Furcht!
Seht, ich verkündige euch,
daß eine große Freude
bald das ganze Volk ergreifen wird;
denn heute wurde euch
in der Stadt Davids
der Retter geboren:
euer Herr, der Messias.
Und dies ist das Zeichen für euch:
Ihr werdet ein Kind finden,
das in Windeln gewickelt
in einer Krippe liegt.»
Plötzlich standen neben dem Engel
die Scharen des himmlischen Heers;
sie priesen Gott und riefen:
«In den Himmeln: Gottes Macht!
Licht! Und Herrlichkeit!
Auf der Erde: Gottes Frieden!
Frieden allen, die er liebt!»

Weihnachten – Für Christen und Nichtchristen

Wolf Biermann

Wann ist denn endlich Frieden

Wann ist denn endlich Frieden
In dieser irren Zeit
Das große Waffenschmieden
Bringt nichts als großes Leid

ES blutet die Erde
ES weinen die Völker
ES hungern die Kinder
ES droht großer Tod
ES sind nicht die Ketten
ES sind nicht die Bomben
ES
ist ja der Mensch
der den Menschen bedroht

Die Welt ist so zerrissen
Und ist im Grund so klein
Wir werden sterben müssen
Dann kann wohl Frieden sein

ES blutet die Erde
ES weinen die Völker
ES hungern die Kinder
ES droht großer Tod
Es sind nicht die Ketten
Es sind nicht die Bomben
ES
ist ja der Mensch
der den Menschen bedroht

Eine chassidische Geschichte

«Ein alter Rabbi fragte einst seine Schüler, wie man die Stunden bestimmt, in der die Nacht endet und der Tag beginnt. Ist es, wenn man von weitem einen Hund von einem Schaf unterscheiden kann? fragte einer der Schüler. Nein, sagte der Rabbi. Ist es, wenn man von weitem einen Dattel- von einem Feigenbaum unterscheiden kann? fragte ein anderer. Nein, sagte der Rabbi. Aber wann ist es dann? fragten die Schüler. Es ist dann, wenn du in das Gesicht irgendeines Menschen blicken kannst und deine Schwester oder deinen Bruder siehst. Bis dahin ist die Nacht noch bei uns.»

Werner Schneyder

Weihnachtsaphorismen

Als den Menschen klar wurde, wer am 24. Dezember geboren wurde, begannen sie sich immer Umtausch garantieren zu lassen.

*

«Der Junge wird uns noch viel Freude machen», sagte der Grossist im Stall von Bethlehem.

*

«Das Original müßte man haben», seufzte der Antiquitätenhändler, als er seinem Kind eine Krippe bescherte.

*

Als die heiligen drei Könige zu betteln und zu singen begannen, gings mit den Monarchien zu Ende.

*

Die Könige aus dem Morgenland marschierten drauf los. Die Händler aus dem Abendland warteten ab.

*

Niemand fragt sich, warum der Schnee zum weihnachtlichen Kirchgang so knirscht.

*

Die Zeile «schlaf in himmlischer Ruh» wird in der Hoffnung gesungen, daß er gar nie wach wird.

*

Als der eilige Weihnachtseinkäufer mit einem Scheck zahlte, dachte er unwillkürlich an die Art von Mariä Empfängnis.

*

Die Tatsache, daß Christus von der unbefleckten Maria geboren werden konnte, war die erste Weihnachtsüberraschung.

*

Als die Menschen für den Weihnachtsfrieden rüsteten, begann in den Straßen der Weihnachtskrieg.

*

Ich schreibe meine wahren Wünsche auf einen Zettel, leg ihn mir ins Fenster und hol ihn mir im Jänner wieder.

*

Christ der Retter ist da. Auf Durchreise. Nur drei Tage.

Sarah Kirsch

Rückenwind

Wie er mich jagt, sein Schrei
Mich vorwärts trägt fünfundzwanzig
Windsbräute in der Sekunde
Den ganzen Tag, am Abend, und in die Nacht.
Ich komme zur Welt ich singe vor ihm
Jubel und Lachen: die Finger
Des himmlischen Kinds auf meiner Schulter.
Und hör ich die Stimmen des Einen
Von großer Schönheit
Dreht sich der Gegenwind, ich fliege
Und immer zu ihm
Klopfendesherz wie das Haus schwankt

Gert Otto

Weihnachten

Weihnachten ist das Fest der Bilder und der Klänge. Musik umgibt uns. Bilder bewegen Herz und Sinne.

Das finden wir schön, und niemand soll es uns nehmen.

Aber man darf darüber nicht den Verstand verlieren. Oder genauer: Wir sollten den Verstand, wir sollten unser Nachdenken nicht aus der Welt der Bilder aussperren. Wir sollten das Denken in die Bilder und in die Musik einlassen. Dann wird es spannender, als wenn wir uns mit der Schwärmerei begnügen. Damit habe ich die Richtung unseres weihnachtlichen Nachdenkens benannt. Ich beginne mit einer Zeile aus einem Gedicht des Schweizer Poeten und Pfarrers Kurt Marti:

Damals als Gott im Schrei der Geburt die Gottesbilder zerbrach

«Damals» – das ist die Geburtsstunde Jesu.

«Damals» – das ist der Grund unseres Weihnachtsfestes.

Dann wäre Weihnachten also das Fest der zerschlagenen Gottesbilder?

Dann würde Weihnachten etwas zerstört, was wir gewohnt sind: unsere selbstgemachten Gottesbilder?

So ist es.

Mit Weihnachten sind jene ungezählten Sätze, die mit den Worten beginnen: «Gott ist ...» außer Kraft gesetzt.

Das gibt zu denken.

«Damals – als Gott im Schrei der Geburt die Gottesbilder zerschlug ...»

I

Damit stellt uns Weihnachten vor eine Frage. Die Frage lautet:

Was steckt hinter unseren Gottesbildern? Wie kommen unsere feststellenden, festlegenden «Gott-ist-Sätze ...» zustande? Also Sätze wie: Gott ist der Allmächtige, der Herrscher, der gütige Vater ... Gott ist gnädig, Gott ist gut, Gott ist barmherzig ...?

Solche Sätze machen wir, können wir nur machen, weil wir so tun, als könnten wir in zwei Welten leben. Wir bedenken das gar nicht mehr, weil es uns geläufig geworden ist.

Zwei Welten:

die *Welt des Denkens* – die *Welt des Glaubens:*

Wohin der Verstand nicht reicht, das verlagern wir ins Übersinnliche oder ins Gefühl. Da heißt es dann: «Das muß man eben glauben.» Zum Beispiel: daß Gott allmächtig ist, «muß man eben glauben» – auch wenn Verstand und Erfahrung anderes sagen.

Oder: die *Alltagswelt* und die *Sonntagswelt:*

Die milden Gesetze des Sonntags taugen für die Härte des Alltags nicht. Da heißt es: Du oder ich – und das wird mit allen Mitteln zugunsten des Ich entschieden. Zum Beispiel: die Bergpredigt oder das Gebot «Liebet eure Feinde» – das ist etwas für das Leben im Paradies, aber doch nicht für unser Verhalten in beruflichen oder persönlichen Kontroversen.

Oder die Steigerung: die Welt des *Jahreslaufs* und die *Weihnachtswelt:*

Da erlauben wir uns für ein paar Tage jene Gefühle, die wir das ganze Jahr nicht zulassen. Da sperren wir am liebsten die harten Realitäten aus und gehen in die Idylle. Aber es heißt doch: Frieden auf Erden – nicht: Friede im Jenseits.

Wir haben mit dieser Aufteilung in zwei Welten alle unsere Erfahrungen. Da braucht man keine weiteren Beispiele zu nennen. In der Welt ist unser Verstand gefragt, in der Religion muß man glauben. Auf diesem Hintergrund entstehen unsere Gottesbilder.

Weihnachten ist ihr Ende.

Denn Weihnachten wird das Ende der Trennung in zwei Welten ausgerufen.

Noch einmal Kurt Marti:

nur leben
entwirft
vom leben
lebendige bilder

was schaben
was pinseln
die maler
auf kirchengerüsten
an toten gemälden?

des lebens
und seines fürsten
lebendiges bild
sind frauen
und männer

Oder knapper, mit den Worten eines Kirchenvaters aus dem 2. Jahrhundert:

Siehst du deinen Bruder,
so siehst du deinen Gott.

Das ist die Weihnachtsaussage. Sie gilt es zu bedenken.

II

Diese Weihnachtsaussage ist tief verwurzelt im jüdischen Denken. Martin Buber, der große jüdische Religionsphilosoph, überliefert ein Wort des Rabbi Pinchas:

«Wer sagt, die Worte der Lehre» – das heißt der Glaubenslehre, der Dogmatik, des Katechismus, auch der Bibel – «seien eine Sache für sich und die Worte der Welt seien eine Sache für sich, wird ein Gottesleugner genannt.»

Das ist hart.

Ein Gottesleugner ist, wer die Worte des Glaubens und die Worte der Welt nicht zusammenbringt. Ein Gottesleugner ist, wer Glauben und Denken in zwei Bereiche aufspaltet. Und über den jüdischen Rabbi hinausgehend, aber in seinem Schatten geborgen, können wir hinzufügen:

Genau das ist auch die Botschaft von Weihnachten – das Ende der Trennung von heilig und profan, von weltlich und sakral, von Glauben und Denken.

Genommen wird uns damit, woran wir uns gewöhnt haben. Wir haben es ja gar nicht ungern, daß wir uns im Denken auf empirisch-rationale Erkenntnis begrenzen können. Und in Fragen der Religion gefällt es uns, das Denken auszuschalten, weil es ja um «Übersinnliches» geht.

III

Dagegen steht, was einer gesagt hat, den wir vorzugsweise als Gutmenschen für Negerkinder verehren. Aber er war ein scharfer Denker, progressiver, hellsichtiger als viele spätere Theologen.

Der sagt:

«Jesus ist in den Kirchen eingemauert. Und zwar taten sich die Kirchen und die Welt zusammen, ihn einzumauern. Die Kirchen führten die innere Mauer» – in Form von Dogmengebäuden-, «die Welt die äußere Mauer auf» – in Gedankenlosigkeit und Unkenntnis.

Das hat Albert Schweitzer gesagt, der Doktor aus Lambarene.

Weihnachten heißt: den eingemauerten Jesus aus der Gefangenschaft der Formeln und Verkrustungen und Übermalungen befreien, heißt seine undogmatische, auf das wirkliche Leben bezogene Botschaft hören und ihn sein lassen, was er war: «ein Mensch für Menschen» (Albert Schweitzer).

IV

Das ist die «Diesseitsreligion» (Schweitzer), die mit Jesu Geburt zur Debatte steht. Gegen alles, was im Laufe der Jahrhunderte daraus gemacht worden ist, aber mit allen, und seien es auch Außenseiter oder Querdenker, die den Anfang richtig begriffen haben, den programmatischen Anfang:

den Anfang im Stall,
den Anfang ohne große Worte,
ohne dogmatische Komplikationen,
ohne ein Wort der Zunft der Gelehrten,
den Anfang jenseits aller Hierarchien,
den Anfang für Heiden, wie wir es sind.

Dieser Anfang ist sprachmächtig bis heute. Er sagt:

«Es fasse Mut der Heide, weil er zum Leben berufen wird.»

Das sind wohlgemerkt Worte eines Papstes aus dem 5. Jahrhundert: Leo der Große.

Und aus dem sprachmächtigen Anfang folgt weiter:

Weihnachten geht es nicht um Religion als Glauben an Übersinnliches. Verrenken wir uns doch nicht. Wir sind alle

Ungläubige, wenn es um antike Vorstellungen oder um Übersinnliches geht. Dessen schäme ich mich nicht. Man wird nicht Christ durch die Erfüllung eines bestimmten Glaubens-Solls. Das ist unsere Chance – und unsere Herausforderung. Denn das Kind in der Krippe will nicht unseren übersinnlichen Glauben, sondern es will Vertrauen schaffendes, liebevolles, friedvolles Verhalten auf dieser Erde.

So elementar ist, was christlicher Glaube meint, so hautnah.

So elementar ist Weihnachten.

Predigt im Universitätsgottesdienst am 25. 12. 1998 in der Christuskirche in Mainz. Für die Bezugnahme auf Albert Schweitzer verdanke ich entscheidende Anregungen: Hans Jürgen Schultz, Liebende Vorwegnahme der Zukunft. Albert Schweitzers Weltmodell; Erich Grässer, Die ethische Denk-Religion. Albert Schweitzers Ablehnung einer doppelten Wahrheit in den Nachlaßschriften.

Beide in: Albert Schweitzer. Leben zwischen Mystik und Ethik, hg. von der Ev. Akademie Baden, Karlsruhe 1998.

*Charlotte Johnstone**

Merry Christmas, Lady

Jedes Mal, wenn Weihnachten ist, denke ich an ihn. Er wanderte in mein Leben, uneingeladen, unerwartet, fast wie ein Irrlicht, wie eine Fata Morgana.

Es war kurz vor Weihnachten, im Stadtzentrum. Dort, in der Immanuel-Kirche, fand gerade eine Trauung statt.

Eine große Trauung war es, herrliches Kerzenlicht, alles sehr förmlich. Mit einer Abendmahlsfeier nach der Art der Presbyterianer. Brot und Wein würden also durch die Reihen weitergereicht werden.

Die Braut war gerade eingezogen, als ein Mann von der Straße hereintorkelte. Um die vierzig, mager, abgerissen, schmutzig, und angetrunken. Als er den Mittelgang entlangschwankte, um sich der Hochzeitgesellschaft anzuschließen, fing ich ihn ab, nahm ihn am Arm und lud ihn ein, sich zu mir auf eine Bank weiter hinten zu setzen.

Er sah mich lange an. Und als ich meinen Arm um ihn legte, um ihn zu stützen, sagte er: «Ich liebe Kerzen in den Kirchen. Darf ich ein Weilchen bleiben?»

Ja, natürlich durfte er bleiben, und so saßen wir nebeneinander. Er hielt meine Hände in den seinen und verfolgte hingerissen die Zeremonie. Dann unterbrach er die Stille, nur um mir mit einem herrlichen Lächeln zu sagen, daß er mich liebt.

Da ich alt genug war, um seine Mutter zu sein, schob ich seine Worte auf den Schnaps, aber trotzdem war es schön, wie er es sagte: «I love you, lady, I love you.»

Dann wurde das Abendmahl gefeiert. Der Mann neben

* Charlotte Johnstone ist mit einem presbyterianischen Pastor verheiratet und lebt in Milwaukee, Wisc. USA.

mir verfolgte mit gespannter Aufmerksamkeit, wie Brot und Wein durch die Reihen wanderten. Begreiflich für jemanden in seiner Lage, dachte ich.

Doch dann tat der abgerissene Fremde etwas ganz und gar Bemerkenswertes.

Als er das Brot in seine schmutzigen Hände nahm, hob er es hoch empor, und mit einer klaren und würdevollen Stimme sagte er: «Christi Leib, für mich gegeben». Dann nahm er den Kelch, hob ihn in der gleichen Weise empor und sagte: «Christi Blut, für mich vergossen.»

Kein Erzbischof, kein Priester in kostbaren Gewändern hätte mit tieferer Verehrung sprechen können als er.

Mitten in seiner schrecklichen Gegenwart hatte er die Erinnerung an ein feierliches Ritual bewahrt, aus einer anderen Zeit, von einem anderen Ort. Etwas Tiefes hatte seine Seele angerührt. Er saß neben mir und weinte.

Er war aus der Nacht gekommen und besaß nur, was uns allen bleibt, wenn wir dem Unglück und der Trauer schutzlos gegenüberstehen – Worte der Hoffnung und der Zuversicht. Und Tränen für etwas, das hätte sein können, ja was in seinem Fall gewiß einmal gewesen war. Seinen Namen wollte er mir nicht nennen, und mit Nachdruck verbat er sich jede Hilfe. Darum weiß ich nichts mehr von ihm als dies.

Nach dem Gottesdienst stolperte er nach draußen. Es schneite, und er stand da, hielt meine Hand und sagte leise, als wollte er mich segnen: «Fröhliche Weihnachten, Lady!» Dann ging er davon in die Dunkelheit, ich habe ihn nie wieder gesehen.

Ich wünschte, ich könnte dieser Geschichte ein glückliches Ende geben, aber ich kann es nicht. Ich wünschte, ich könnte davon berichten, wie einer wieder nüchtern wurde, wie ein Vater oder ein Sohn zu seiner Familie zurückfand, wenigstens ein Mensch weniger, der nicht allein ist und eine Unterkunft braucht in einer kalten Nacht. Aber ich kann es nicht.

Ich kann nur weitersagen, daß irgendwo da draußen ein Mann ist, allein und verloren wie so viele, der tief in seiner Seele bewahrt hat, was er ist. Ein Mann, der die Worte und Gesten der Anbetung kennt.

Ich weiß nur, daß dieser Mann, der nichts mehr hatte als die Lumpen eines kaputten Lebens, mir mehr gegeben hat, als was die meisten mitzuteilen bereit sind. Er hielt meine Hand, und es schneite, und unter Tränen schenkte er mir seinen Gruß. «Fröhliche Weihnachten, Lady!»

Wenn er sich in dein Leben verirrt, in das Kerzenlicht einer warmen Kirche zur Weihnachtszeit, halte seine Hand, teil Brot und Wein mit ihm. Es könnte ja sein, daß er sich schließlich doch dazu durchringen kann, seine Geheimnisse aus der Kälte hereinzubringen.

Und, bitte, sag ihm, daß die Lady an ihn denkt.

(Übersetzung: Heiko Müller-Fahrenholz)

Papst Leo der Große (5. Jh.)

Aufruf zur Freude an alle

Alle haben einen gemeinsamen Grund zur Freude. Denn unser Herr, der Vernichter von Sünde und Tod, kommt, da er niemand frei von Schuld findet, zur Befreiung aller.

Es frohlocke der Heilige, weil er der Siegespalme näher kommt.

Es freue sich der Sünder, weil er zur Vergebung eingeladen wird.

Es fasse Mut der Heide, weil er zum Leben berufen wird.

Christine Brückner

Geboren am 24. Dezember 1945

In jener kalten, dunklen Nacht. In Vicovice. Polanka. Rosnova. Nemece. Oder eine andere tschechische Stadt. Wer weiß heute noch ihren Namen? Das ist lange her.

Aber da war ein Kind. Das ist dort geboren. In seinem Paß muß der Name jener tschechischen Stadt stehen, die es nie gesehen hat. Wo ist dieses Kind geblieben, dessen Mutter gestorben ist, bevor man erfahren hat, woher sie kam? Ein Kind, ein neugeborenes Kind in einem tschechischen Lazarett, zwischen Sterbenden, Schwerverwundeten, Verzweifelten, Hoffenden und: tschechischer Miliz. In Hunger, in Kälte, ein neugeborenes Kind, in jenem ersten Winter, in dem der Krieg zu Ende war. War er wirklich zu Ende?

Und dann starb die Mutter, von der niemand etwas wußte, nur daß sie Maria hieß. Viele Frauen im Osten heißen Maria. Eine junge Mutter, fast noch ein Mädchen, sie hat dort ihr erstes Kind geboren, einen Sohn, und weil es der vierundzwanzigste Dezember war, hatte man ihm den Namen Christian gegeben. Aber nicht nur deshalb. Dieses Kind, von dem niemand je wieder gehört hat, ist für eine Stunde das Kind in der Krippe gewesen, das Heil der Welt.

Von jener Weihnachtsnacht in Vicovice, Rosnova, Nemece erzählen die Männer, die dabeigewesen sind, manchmal ihren Frauen. Jener, der damals ein Hirte war und heute ein Pfarrer ist, erzählt, wenn er in der Heiligen Nacht seine Ansprache hält, seiner Gemeinde von diesem Kind; und auch der, der nur die Beine des Schafes festgehalten hat, erzählt davon, damals war er Sanitäter, und an jenem Abend war auch er ein Hirte; alle, die noch am Leben sind, es sind nicht mehr viele, suchen insgeheim noch immer nach diesem Kind. In seinem Paß muß der Name jener tschechischen

Stadt stehen und das Datum des vierundzwanzigsten Dezember neunzehnhundertfünfundvierzig.

Wenn er noch lebt – sagen sie dann nachdenklich zu ihren Frauen, wenn er noch am Leben ist –, was ist aus ihm geworden? Er hat doch eine Stunde in der Krippe gelegen, verstehst du? Und was ist aus dem anderen geworden; dem, der den Hammel festgehalten hat, weißt du, er war Sanitäter, er konnte Tschechisch, er stand sich gut mit denen, er hat immer den Wassermann geprüft, dazu braucht man einen Hammel, aber davon verstehst du nichts. Dieses Tier zwischen uns, das war wichtig, daran erkannte man nämlich, daß wir Hirten waren, die von dem Felde kamen, weißt du, «und hüteten des Nachts ihre Herden», wir kamen doch aus dem Felde, von überallher kamen wir, es war so ein Sammellazarett. Und dann war da einer, der hat angefangen: Er hat seine Jacke, die innen aus Lammfell war, gegeben, und dahinein hat ein anderer das Kind gelegt. Er war mit dabei, alle waren wir dabei, die Sterbenden und die Schwerverwundeten, die beiden Schwestern, die keine Engel sein wollten, nur zuerst, da hatten sie sich aufgestellt wie Engel. Sie hatten sogar die Haube vom Haar genommen und gelacht, aber dann muß etwas geschehen sein: Sie traten zurück, sie wollten nicht im Vordergrund stehen, zwei Schritte nur, aber alle merkten: Engel waren sie nicht, konnten sie auch nicht werden, auch eine solche Nacht erlöst ein Mädchen nicht. Sie reihten sich zu den Hirten, stellten sich neben den Hammel, und die eine von ihnen hielt die Stallaterne hoch, als die Kerze abgebrannt war. Die junge Mutter Maria weinte; in ihrem Schoß und zu ihren Füßen lagen Brot, ein Stück Speck, eine Decke aus Wolle. Weihrauch, Myrrhe und Gold auch für dieses Kind. Es waren keine Könige, die vor das Kind hintraten, aber sie sahen aus, als seien sie weise geworden. Weise aus dem Morgenland. Sie kamen aus dem Osten, ein unheiliger Stern hatte sie dorthin geführt, wo sie jetzt standen, aber ein guter Stern würde sie bald nach Hause führen. Sie trugen graue wattierte Röcke, einer hatte den Arm in der Schlinge, einer hatte nur noch ein Bein, und ein dritter trug eine Binde vor den zerstörten Augen, er war der Jüngste von ihnen. Der Älteste hatte den Platz neben Maria eingenommen, er hieß Josef, viele heißen so. Er hätte ihr Vater sein können, und er hätte sie wohl auch länger beschützt als nur diese eine Nacht. Er hatte niemanden mehr, der ihn noch brauchte. Er wollte sie mit sich nehmen, sie und das Kind. Der Krieg war zu Ende, man mußte ihn bald entlassen, alt und krank, wie er war. Mit ihr wollte er nach Hause, in ein neues Zuhause. Sie wußte das noch nicht, er hatte es sich ausgedacht, als er das Kind im Schein der Laterne sah.

Es hat keinen Zuschauer gegeben in jener Nacht. Es war auch kein Spiel gewesen, kein Spiel an der Krippe mit frommen Liedern. Gesungen hatte keiner.

Angefangen hat es mit diesem Kind. Am späten Vormittag hatte man das Weinen gehört, einer hatte es zuerst gehört, hatte die anderen aufmerksam gemacht: Sie horchten. Ein Kind. Ein neugeborenes Kind! Irgendwo im Lazarett, versteckt vor den tschechischen Wachtposten. Also hatte man die Frau doch nicht fortgeschickt. Am Nachmittag trug die Schwester, die jüngere von beiden, das Kind auf einem Kissen im Arm und lief damit von einem Saal in den anderen und rief: Ein Kind! Seht bloß, ein Kind! – Sie war seit drei Jahren im Krieg, seit drei Jahren war sie Krankenschwester, aber sie hatte noch nie ein neugeborenes Kind im Arm getragen. Nur Tote kannte sie. In dem einen Saal hat sie gesagt: Seht! Ein Kind ist uns geboren! – Sie wußte nicht, daß sie mit den Worten des Evangeliums sprach, vielleicht hatte sie die nie gehört. Sie weinte, weil sie erst seit einer Stunde wußte, daß ein Kind Liebe bedeutet und daß alles, was sie von der Liebe wußte, falsch war, weil das Kind die Liebe und die Liebe das Kind ist. Sie weinte und stand zwischen den Betten und hielt den Männern das Kind hin. Keiner hat gelacht.

Sie wandten nur die Köpfe weg, zogen die grauen Decken höher, daß man den Atem nicht sah. Dann kam einer von den tschechischen Soldaten und scheuchte die Schwester aus dem Saal; die aber lächelte und hielt auch ihm das Kind hin, und da ließ er sie vorbeigehen, rührte sie nicht an, was er sonst tat und was sie sonst zuließ.

Es dämmerte früh. Kein Baum, keine Lichter, keine Briefe und kein Paket von zu Hause. Schlimmer als im Krieg. Dann weint das Kind, und niemand weiß nachher mehr, wie das alles gekommen war. Sie heißt Maria, hat einer gesagt, und der hat es dem im nächsten Bett weitergesagt. – Es geht ihr schlecht. – Sie muß wohl sterben. – Da war es schon eine Stunde später, die Suppe war schon ausgeteilt, die Lampe über der Tür brannte, die vergitterte blaue Glühbirne, bei deren Schein man keinen Brief hätte lesen können.

Bald danach waren sie aufgestanden, hatten ihre wattierten Röcke und Mäntel angezogen, einer hatte dem anderen geholfen. Sie hatten das Kind sehen wollen. Sie hatten eine Frau sehen wollen, die ein Kind geboren hat. Jeder hatte seinen Platz bald gefunden: die einen als Hirten, die anderen als Könige, als Josef der eine. Sie hatten auch Witze gemacht, so ganz geheuer war es ihnen nicht. Einer von ihnen hieß nämlich Ochse, und er mußte sich neben den Hammel stellen, den Wassermannhammel. Sie trugen herbei, was sie unter dem Kissen vor den Blicken der Kameraden und dem Zugriff der Wachsoldaten versteckt gehalten hatten. Einer soll noch sein Eisernes Kreuz besessen haben, das hat er auch hingelegt. So etwas geschieht, da lacht keiner. Keiner hat darin das Kreuz gesehen, damals, das Kreuz bei der Krippe. Er hat ja auch nur gegeben, was ihm zu geben am schwersten fiel. Die Soldaten standen in der einen Ecke, die Tschechen, die Feinde, mit ihren Gewehren in der anderen; zuerst stützten sie sich drauf, dann legten sie sie auf den Boden, zu Füßen des Kindes. Die junge Maria lächelte, die Wangen gerötet, die Augen glänzend und das Haar aufgelöst und blond. Sie verstand nichts mehr von alldem, ihr Kind lag warm und beschützt, sie fürchtete sich nicht mehr, sie lächelte in Traum und Fieber.

Hat wirklich einer gesagt: «Friede auf Erden?» – Gehört hatten sie es alle, in dieser Stunde haben sie alle das Heil der Welt erblickt; die Könige, die keine Weisen waren, die Hirten, der Mann, der den blökenden Hammel an den Beinen hielt, daß er stillstand und das Bild nicht störe, und die Schwester, die die Laterne hochhielt, und der Mann, der ein Josef sein wollte, und der, der seine Jacke hergegeben hat, weil er wußte, daß das Kind sie nötiger brauchen würde als er.

In der Weihnachtsnacht, wenn ihre Kinder in den Betten liegen, versuchen die Männer, die damals dabeigewesen sind, in jener kalten, dunklen Nacht in Vicovice, Polanka, Rosnova, Nemece oder wie dieser Ort nun heißen mag, ihren Frauen davon zu erzählen. Und dann fragen die: Wer warst denn du? – Ich? Ich war der mit dem Hammel, sagen sie. – Ich war der Junge, der mit der Binde vor den Augen, weißt du das nicht? Der geführt werden mußte. – Ich war einer von den Königen aus dem Morgenlande, ich hatte Wein, einen ganzen Krug voll Wein …

Wirklich –? fragen die Frauen. Du warst einer von den Königen, den Weisen? – Du warst der mit dem blökenden Hammel? – Du warst jener Josef?

Sie sind ungläubig, sie lachen.

Es ist schwer, diese Geschichte zu erzählen. Von Jahr zu Jahr wird es schwerer.

Robert Walser

Es gibt Stunden im Leben,
wo wir gar nicht begreifen können,
warum wir so guter Dinge sind.
Munterkeiten stellen sich weder
auf Befehl noch auf Wunsch ein;
sie sind plötzlich da,
können aber ebenso eigensinnig,
wie sie herbeizufliegen kamen,
wieder verschwunden sein.

Ilse Aichinger

Vor der langen Zeit

Ich glaube, ich war damals acht oder neun Jahre alt. Ich sehe die Laienschwester vor mir, eine der Schwestern, die aufräumen und die – zum Unterschied zu den höheren Ordensfrauen – die weißen Hauben tragen. Ich sehe sie gegen die halbgeöffneten Fenster des Festsaals, das helle und ein wenig verdrossene Licht des frühen Nachmittags und den Staub, der wie Weihrauch aufsteigt und sich in diesem Licht bewegt, gegen die kahlen feuchten Äste draußen im halben Wind. Und dann erinnere ich mich. Ich erinnere mich der Stunde, die diesem Staub und diesem Licht und dieser Schwester aufgesetzt ist: Es ist kurz nach drei Uhr nachmittags, am dreiundzwanzigsten Dezember. Und ich weiß in diesem Augenblick, daß jetzt Weihnachten ist, zu dieser Stunde, daß es jetzt schon ist, nicht morgen, und daß nichts sie überbieten wird. Es ist eine Stunde ohne Stern im Finstern, ohne Schnee, ohne Baum, und die Kuppel der russischen Kirche drüben in dem milchigen Himmel sieht aus, als wäre auch sie von Staub überzogen. Und doch weiß ich in diesem Moment: Es ist jetzt. Und wenn alles dagegenspräche: Weihnachten ist jetzt. Aber alles vergewissert mich dessen: die halbabgewandte Schwester mit Besen und Schaufel in den Händen, die auf den Kopf gestellten Sessel und die Stimmen der anderen, die sich an der Pforte unten verabschieden, ehe sie in die Ferien gehen. Ich gehe langsam durch den dunklen Raum, in dem die Kirchenschleier aufbewahrt werden, an dem Sprechzimmer mit den gläsernen Türen und den Gummibäumen vorbei. Ich läute unten und lasse mir von der Pfortenschwester Mantel und Mütze in Ordnung bringen und sage «Fröhliche Weihnachten», ehe ich gehe. Und dabei denke ich noch einmal an den verlassenen Festsaal, an die Stunde, die ich verließ.

Es gab Jahre, in denen Weihnachten schon auf den zweiten Dezember fiel, auf einen Augenblick, in dem wir uns auf einer Truhe im Gang die etwas zu engen Schneeschuhe überzuziehen versuchten. Und im Grunde fiel es mit jedem Jahr, das ich älter wurde, früher. Einmal auf einen Augenblick im Oktober, in dem meine Großmutter den Wächter im Botanischen Garten fragte, weshalb heute schon früher gesperrt würde – einmal sogar mitten in den September hinein.

Und die Zeit, die zwischen diesem Augenblick und dem heiligen Abend verstrich, war keine Zeit, war viel eher ein Teil des Raumes geworden, ein dunkler stiller Flügel, der sich gefaltet hatte über dem Rattern der Straßenbahnen, dem Küchenlärm am Sonntag, der Stimme des Geographielehrers am halben Vormittag. Etwas, das zugleich abdämpfte und deutlich machte. Das die Angst, es könnte vorbei sein, diese ärgste Angst, Weihnachten könnte vorübergehen, beschwor, zur Gewißheit steigerte und damit ausschloß.

Viel später, als ich schon erwachsen war, erzählte mir jemand, er hätte an einem heißen Augusttag in der Nähe des Seebades Brighton aus einem kleinen Kofferradio das Lied «Stille Nacht» gehört. Da fiel mir meine Kindheit ein und ich dachte, vielleicht wären die Leute in dem Boot bei Brighton auf dem rechten Wege. Vielleicht müßte man, damit Weihnachten wieder auf Weihnachten fiele, das Jahr nach der andern Richtung hin durchstoßen, durch den Hochsommer, durch den April und den März, diese schwierigen und nüchternen Monate hindurchkommen, um wieder im Dezember zu sein. Vielleicht hängen die viel zu früh und viel zu oft an allen Bahnstationen und auf den verlassensten Autobushaltestellen errichteten Christbäume bis zu einem kleinen Grad auch mit der Angst zusammen, es könnte vorbei sein, Weihnachten, dieser lebengebende Augenblick, könnte irgendwann einmal nicht sein – mit dem Verlangen, die Zeit aus dem Raum zu drängen. Denn die Angst hat ja zugenommen und das Verlangen auch.

«Mutter, ich habe den heiligen Christ gesehen», sagte das Mädchen Sanna in der Erzählung *Bergkristall* von Stifter. Und es hat ihn in der heiligen Nacht gesehen, im rechten Moment. Jetzt wird es in Ruhe den Januar und den März kommen lassen, den Juni, Juli und August, und es wird auch am dreiundzwanzigsten Dezember des nächsten Jahres den Augenblick nicht vorwegnehmen. Was sollen wir aber tun, damit die Christnacht wieder in die Christnacht fällt? Wie sollen wir die Verschiebungen der Furcht und des Verlangens wieder von uns lösen und uns den Festen und Ernüchterungen anheimgeben, wie sie kommen?

Ich erinnere mich, daß es mir außer in der frühesten Kindheit nur mehr vor dem Krieg und im Krieg gelungen ist. Damals, als die äußere Bedrängnis der inneren zu Hilfe kam und beide zusammen wie zwei Engel den Augenblick wieder in sein Recht setzten.

In Österreich hatten zu Weihnachten 1938 Verfolgung und Unsicherheit für viele Familien begonnen.

Auch wir hatten unsere Wohnung verlassen müssen und wohnten bei unserer Großmutter. Meine Schwester und ich lagen miteinander in einem Bett im Wohnzimmer, und auf dem Klavier neben dem Bett stand der Christbaum. Wenn man nachts erwachte und sich aufrichtete, konnte man zuweilen die Silberfäden in dem Ebenholz sich spiegeln sehen. Noch einmal brandete die Kindheit gegen alle Mauern, warf sich von dem eiskalten und unbewohnten Salon her gegen die Tür, zitterte mit den schlecht verkitteten Scheiben, wenn unten auf der kleinen Bahnlinie ein Lastwagen vorüberfuhr, in der Richtung nach Osten. Vielleicht waren es dieselben Lastwagen, die nur wenig später den Deportationen dienten – noch verteilte sich der Rauch der altmodischen Lokomotive wie Rauch auf dem Nachthimmel, noch dienten sie der Kindheit.

Aber vielleicht, daß diese beiden Dienste auf eine geheimnisvolle und undurchschaubare Weise zusammenfielen, daß die späteren furchtbaren und oft ohne Trost durchstandenen Leiden so vieler der kurzen und ebenso ungeschmälerten Freude dieses Festes zu Hilfe kamen. Denn vermutlich hat die äußerste Bedrängnis mit der äußersten Geborgenheit mehr zu tun als das Mittlere mit beidem von ihnen. Jedenfalls fiel in diesem Jahr, und auch in den folgenden noch um vieles elenderen, Weihnachten wieder auf Weihnachten wie in der frühesten allerersten Kinderzeit, uneingeschränkt und angstlos auf eine zugleich neue und uralte Weise.

Wenn man den Schmerz ermißt, von dem ich überzeugt bin, daß er dieser und aller Freude dient, der Kindheit, dem Christfest, den ungetrösteten und ungestillten Schmerz aller Jahrtausende, so ermißt man die Schulden, die von jedem von uns abzutragen sind. Wenn es uns gelänge, und sei es auch nur durch die Hinnahme der Ernüchterung, der Angst und Verwirrung dieser Zeit: Vielleicht fiele dann noch einmal der heilige Abend auf den heiligen Abend, die Stimme des Engels auch für uns wieder in die heilige Nacht.

Ruth Elias

‹Am Zaun›

Als ich einmal in der Nähe des Zaunes stand, hörte ich plötzlich den Zuruf eines Mannes von der anderen Seite des Zaunes:

«Fang schnell, es soll dir dein Leben retten!»

Über den Zaun kam ein kleiner Stein geflogen, an welchem ein goldenes Kettchen mit dem Medaillon des heiligen Antonius, des Nothelfers, befestigt war. Wem wohl dieses Medaillon einmal gehört hatte? Wem es wohl das Leben nicht gerettet hatte? Drüben hinter dem Zaun stand ein Mann in einer tadellos sauberen und gebügelten Häftlingsuniform mit einem grünen Winkel, also ein Schwerverbrecher oder ein Mörder. Diese Menschen waren meist Deutsche, welche nach Auschwitz befördert wurden, um ihre Strafen abzubüßen. Sie hatten häufig Stellungen inne, welche es ihnen ermöglichten, in andere Lager zu gehen. Sie waren ihres Sadismus wegen bekannt und gefürchtet. Jeder trachtete, ihnen aus dem Weg zu gehen. Ich weiß bis heute nicht, ob es eine menschliche Regung bei diesem Manne war, als er eine schwangere Frau sah und das Geschenk über den Zaun warf. Ich konnte diesem Mann nicht einmal meinen Dank aussprechen, denn noch bevor ich das Kettchen aufgehoben hatte, war der Mann verschwunden. Sofort klammerten sich meine Gedanken an diesen Talisman, und ich war von nun an ganz fest davon überzeugt, daß dieser Talisman mir mein Leben retten wird. Gerne möchte ich wissen, was diesen Mann zu dieser Tat veranlaßt hat. Plötzlich verstand ich die Worte meines Vaters, welche ich als Kind nie verstehen konnte: «Ruth, suche im Menschen das Gute, auch ein Mörder kann gut sein.» Hier, in Auschwitz, am elektrisch geladenen Stacheldrahtzaun, bekamen Vaters Worte für mich einen Sinn.

Sarah Kirsch

Zwischenlandung

Wenn es auf Weihnachten geht
Kehren die Dichter
Zu ihren tüchtigen Frauen zurück
Ach was sind sie das ganze Jahr
Über die Erde gelaufen
Was haben sie alles gehört was
Nachgedacht, ihre Zeitung geschrieben
Durch Fabriken gestiegen, den Kartoffeln
Brachten sie menschliche Umgangsformen bei, sahn
Dem Rauch nach der kriecht und steigt
Sie haben alles geschluckt manchmal Manhattan-
Cocktails wegen des Namens, sie verschärften
Den Klassenkampf meditierten
Über das Abstrakte bei Fischen, bis eines Tags
Durch ihre dünnen Mäntel die Kälte kommt
Sehnsucht
Nach einem wirklichen Fisch in der Schüssel
Sie jäh überfällt und Erinnerung
An die Frau die sich am Feuer gewärmt hat
Da bleibt
Der Zorn in den großen Städten zurück, sie kommen
Mit seltsamen Hüten für ihre Kinder
Spüln sogar Wäsche spielen Klavier, bis
Sie es satt haben nach Neujahr, da
Brechen sie Streit vom Zaun, gehen erleichtert
Weg in den Handschuhn von unterm Weihnachtsbaum

Hans Rosenthal

Der gelbe Stern

Endlich hatte ich von Frau Schönebeck die Erlaubnis bekommen, loszuziehen. Ich steckte stolz meinen «gelben Stern» ans Jackett und machte mich auf den Weg, den Befreiern entgegen. Vor Nazis hatte ich jetzt keine Angst mehr, obwohl die Möglichkeit eines Gegenstoßes durchaus noch bestand.

Es war ein ganz seltsames Gefühl, nach zwei Jahren Gefangenschaft in meinem Versteck, nach zwei Jahren der Angst und des Hungers, frei und sorglos durch die Straßen zu gehen. Ich glaube, ich habe sogar gepfiffen. Eine Melodie der Kapelle «Rosé» …

Am Bahnhof Landsberger Allee sah ich dann noch deutsche Panzer. Ich erschrak und suchte Deckung hinter einer Hauswand. Aber ich sah bald, daß diese Panzer von ihren Besatzungen verlassen waren. Man hatte die schweren Kettenfahrzeuge, nachdem ihnen das Benzin ausgegangen war, quergestellt, um damit den Sowjets den Weg zu versperren.

Kurz vor dem Zentralviehhof stand ein russischer Panzer, seine Besatzung plaudernd daneben. Winkend, strahlend, glücklich näherte ich mich den Panzersoldaten.

Einer von ihnen war Jude. Er begrüßte mich herzlich und sprach deutsch mit mir. Er müsse mit seinen Kameraden in wenigen Minuten auf die Innenstadt vorstoßen, sagte er. Ob er's überleben würde, wer wüßte das schon. Ich drückte ihm die Hand. «Massel tov», sagte ich zu ihm – «Viel Glück!»

Dann ging ich mit meinem «gelben Stern» zurück zur Kolonie «Dreieinigkeit». Plötzlich, am Wasserwerk, umzingelten mich einige Russen. Sie richteten ihre Maschinenpistolen auf mich. Ich zeigte auf meinen Stern und lächelte, obwohl mir das Herz bis zum Halse schlug. Was war nur los mit denen? Ihre drohende Haltung ließ keinen Zweifel daran zu, daß sie Anstalten machten, mich an die Wand zu stellen und zu erschießen. Ich wurde brutal gegen eine Mauer gestoßen. Dort stand ich mit erhobenen Händen und verstand die Welt nicht mehr.

Sollte alles – durch ein mir unbegreifliches Mißverständnis – nun zu Ende, aller Überlebenswille und alle Entbehrungen doch noch vergebens gewesen sein?

Da kam ein Offizier auf einem Fahrrad vorüber. Er hielt an, stieg ab und ging durch die Soldaten hindurch auf mich zu. Andere Soldaten umkreisten uns auf Fahrrädern, die sie irgendwo erbeutet hatten. Sie schienen mir wie Kinder, die sich an Nichtigkeiten erfreuen können, während es vor ihren Augen anderen an den Kragen geht.

Der Offizier war Jude. Mir fiel ein Stein vom Herzen. Er fragte mich auf jiddisch, ob ich auch Jude sei. «Ja», sagte ich, «ich bin Jude. Kein SS-Mann. Ich war versteckt ...» Ich stammelte in meiner Todesangst, denn von einem der mich Umzingelnden hatte ich Laute gehört, die wie «SS» klangen. Der Offizier blieb mißtrauisch. Er forderte mich auf, unser Glaubensbekenntnis auf hebräisch aufzusagen. Ich sagte es auf, und dabei war mir, als verstünde ich zum ersten Mal den Sinn: «Schma Jisroel, Adonaj Elauhenu, Adonaj echod – Höre, Israel, der Ewige ist unser Gott, der Ewige ist einzig.»

Der Offizier schien bewegt. Er drückte meine Hand und blickte stumm zu Boden. «Du bist Jude», sagte er nach einer längeren Pause. «Du kannst gehen.»

«Mach den Stern ab», sagte der Offizier noch.

«Warum?» fragte ich.

«Du hast Glück gehabt», sagte mein Retter, «diese Division hat das Konzentrationslager Majdanek befreit. Da hatten einige Angehörige der SS-Wachmannschaften die ‹gelben Sterne› von den Häftlingskleidern abgenommen und sich selbst angesteckt. Als wir das entdeckten, gab es einen

Tagesbefehl: Jeder, der mit einem solchen Stern angetroffen wird, ist sofort zu erschießen.»

Also wäre ich wirklich erschossen worden, wenn dieser jüdische Offizier nicht hinzugekommen wäre. «Der Ewige ist unser Gott», sagte ich gedankenverloren vor mich hin. «Der Ewige ist einzig.»

Ich steckte den Stern wieder in die Hosentasche und ging in meine Laubenkolonie zurück. Dort blieb ich nicht lange. Der Drang ins Freie zu den Menschen war übermächtig in mir geworden.

Rose Ausländer

Mittelpunkt I

Welcher Stern
ist Mittelpunkt
des Himmels

Erde
nicht du

Aber du
Mensch
bist Mittelpunkt
der Erde

Christine Brückner

Wenn es dämmert am Heiligen Abend …

Wann begann eigentlich die Weihnachtszeit in unserem Pfarrhaus? Ich glaube, wenn Mutter die Adventskränze band. Zuerst den großen für die Kirche und dann den kleinen für uns. Wenn sie die schwarzen Samtdecken vom Totenfest abnahm und die roten auf Kanzel und Altar breitete und im Hausflur des Pfarrhauses den goldenen Stern aufhängte – dann war Weihnachten nicht mehr weit.

Abends zogen die jungen Mädchen aus dem Dorf mit ihren Nähmaschinen in die warme Küche und nähten: Kinderhemdchen und Männerhemden für die Berliner Stadtmission. An anderen Abenden kamen die älteren Frauen aus dem Dorf und schälten Äpfel, die im alten Backhaus auf Horden getrocknet wurden; andere strickten aus Schafwolle Strümpfe und Kopfschützer und Leibbinden. Mutter saß zwischen ihnen und stimmte Adventslieder an, und wenn es gar zu spät wurde, kam Vater aus dem Studierzimmer herunter und bot Feierabend. Wenn alles fertig war, wurden Pakete gepackt; mit Wollsocken und Hemden, einem Stück Speck, einer Wurst, mit Honigkuchen, und in Notzeiten lag auch ein Brot darin oder ein Säckchen mit Erbsen, auch der Tannenzweig war nicht vergessen. Pakete für die Männer aus dem Dorfe, die im Felde standen, und nach dem Kriege Pakete für die Armen in den großen Städten.

Auf dem Boden des Pfarrhauses standen drei große Kisten. In einer waren Ständer und Schmuck für den Baum in der Kirche, in der anderen Krippe und Baumschmuck und die bunten Teller für unser Weihnachtszimmer, und in der dritten lagen Engelsflügel und weiße Gewänder mit silbernen Borten, Stab und Stern der Heiligen Drei Könige und goldene Haarreifen. – Abends deklamierten Engel und Hirten und Könige ihre Verse im Hausflur unterm Adventsstern, sangen, nähten an ihren Gewändern, flüsterten und lachten, und oben lagen wir Kinder in unseren Betten und horchten.

Zwei Tage vor dem Fest brachte der Förster die Tanne für die Kirche. Mutter war überall und nirgends zu finden. Eben stand sie noch auf der Treppenleiter in der Kirche und schmückte den Baum. Oder probte sie das Krippenspiel? Oder war sie etwa doch im Weihnachtszimmer? Wir Schwestern hockten mit unseren Handarbeiten hinterm Ofenschirm und lernten Gedichte und Strophen auswendig. Nur der Pfarrherr saß fern von Vorbereitungen und Geheimnissen in seiner Studierstube über der Weihnachtspredigt hinter Tabakwolken und Büchern und tauchte erst wieder auf, wenn es am Heiligen Abend dämmerte.

Wenn es dämmerte am Heiligen Abend! Wenn sich der Frieden der Heiligen Nacht über unser kleines Dorf breitete, wenn das Vieh versorgt war und das Sonntagskleid angezogen, wenn die Glocken läuteten, dann kamen sie in kleinen schwarzen Gruppen durch den Schnee gestapft in die Kirche, die so wunderbar verändert war: Holzscheite prasselten im eisernen Ofen, die Kerzen gaben ihren Duft dazu, und auf dem Transparent des Altars leuchtete das blaue Kleid Marias, das Weiß der wolligen Schafe und der goldene Stern von Bethlehem. Mutters Engelschor sang ‹Vom Himmel hoch da komm ich her›, und wenn Vater anhob, die Weihnachtsgeschichte zu lesen: ‹Es begab sich aber zu der Zeit, daß ein Gebot ausging vom Kaiser Augustus› – dann ging ein Schauer des Glücks durch uns alle. Und während wir noch standen und das letzte Lied sangen, verlöschten die Kerzen am Baume, und die Kirche wurde dunkel, wie in allen anderen Nächten des Jahres.

Dann läutete im Weihnachtszimmer das Christkind, und die Tür tat sich auf – ach, alles war anders als sonst: Zum Abendbrot gab es Holundersekt, den Mutter im Frühling selbst angesetzt hatte, und die Spielsachen durften mit ins Bett. Wir lagen und warteten, daß es Mitternacht wurde und die Weihnachtsglocken läuteten. Eine Stunde lang beiern bei uns die Burschen, schlagen mit ihren Hämmern an die Glocken und singen laut vom hohen Turm herab: Dies ist die Nacht, da mir erschienen des großen Gottes Freundlichkeit.

Am ersten Feiertag ging Mutter mit den jungen Mädchen zu den Alten und Kranken im Dorf. Vor dem Haus wurden die Kerzen am Tannenbäumchen angezündet, und sie sangen ‹Fröhliche Weihnacht überall›. Hinter den Türen wartete man schon auf sie. Das Bäumchen blieb zurück und ein Korb mit Bohnenkaffee und Würfelzucker, Kakao und Plätzchen und weihnachtlicher Liebe. Und so zogen wir in der Dämmerung des Abends singend von einem Ende des Dorfes zum anderen.

Auch heute noch liegt dieses Dorf in der Weihnachtszeit in tiefem Schnee in den weiten Wäldern Waldecks, aber aus mir ist längst eine Stadtfrau geworden, die ihren Weihnachtsbaum beim Händler kauft und im Flur keinen Platz hat für den goldenen Stern. Die Krippe aus unserem Pfarrhaus ist in einer Bombennacht verbrannt. Der Vater ist schon lange tot, wir nähen keine Hemden für die Berliner Stadtmission mehr – aber wir packen in jedem Jahr ein Paket für ein unbekanntes, armes Kind, und dieses Paket wird jedesmal das schönste und größte, es bekommt keinen Absender, und es geht nach Berlin. An unserem Weihnachtsbaum hängt für jeden, den wir liebhaben und der nicht bei uns sein kann, ein Stern.

Vergangenes und Neues. Es ist schwer geworden, ein Weihnachtsfest zu feiern, das mehr Raum braucht als ein Zimmer und einen brennenden Baum und einen Gabentisch. Aber wenn wir zurückkommen aus der Lichterkirche und unsere Haustür aufschließen, dann spüren wir es, wie in dieser Nacht die Welt beschützt ist von einem unzerreißbaren Netz, gesponnen aus Fäden der Liebe, sichtbaren und unsichtbaren, aus Briefen und Päckchen, aus Gedanken, Erinnerungen und Gebeten.

Rose Ausländer

Die Menschen

Immer sind es
die Menschen

Du weißt es

Ihr Herz
ist ein kleiner Stern
der die Erde
beleuchtet

Nelly Sachs

An Johannes Bobrowski

Lieber Freund Johannes,

habe so innig mit Deinen Gedichten gelebt, so tief, so versunken – habe auf das dunkle Rauschen gelauscht und auf die geraunten Geheimnisse, die wir seit Kindheitstagen im Blute kreisend fühlen. Und was hast Du mir für ein Geschenk gemacht, mit dem mir gewidmeten wunderbaren Gedicht.

Wie leuchten alle Deine Worte – …

Zuletzt kam Dein Roman: Und nun lese ich dieses taufrische Deutsch – so stark und wahr und doch beflügelt von Visionen, jeden Abend in meiner Kajüte …

Stockholm, 30. November 1964

Reiner Kunze

Weihnachten

Sie saß neben mir auf der Bank und badete ihr Gesicht in der Sonne. Sie hatte ihre Augenbrauen ausgewechselt, mit Pinzette: ein für allemal. Die neuen waren strenge Linien, die von der Kindheit trennten.

Wir schwiegen, sie bei geschlossenen Augen. Doch wer weiß, was sie sah, denn plötzlich sagte sie: «Wenn doch schon Weihnachten wäre.»

Die Rosen blühten.

«Was hast du vor zu Weihnachten?» fragte ich.

«Nichts», sagte sie. «Aber dann wäre doch Weihnachten.»

Ich entsann mich, daß sie auch vergangenes Jahr nicht hatte auf den Weihnachtsbaum verzichten wollen. Geschmückt mit Lametta, Zuckerwerk und zwölf Kerzen, hatte er in ihrem Zimmer gestanden – vor einem riesigen roten Plakat mit lachendem Che Guevara.

Georg Trakl

Ein Winterabend

Wenn der Schnee ans Fenster fällt,
Lang die Abendglocke läutet,
Vielen ist der Tisch bereitet
Und das Haus ist wohlbestellt.

Mancher auf der Wanderschaft
Kommt ans Tor auf dunklen Pfaden.
Golden blüht der Baum der Gnaden
Aus der Erde kühlem Saft.

Wanderer tritt still herein;
Schmerz versteinerte die Schwelle.
Da erglänzt in reiner Helle
Auf dem Tische Brot und Wein.

Siegfried Lenz

Die Nacht im Hotel

Der Nachtportier strich mit seinen abgerissenen Fingerkuppen über eine Kladde, hob bedauernd die Schultern und drehte seinen Körper zur linken Seite, wobei sich der Stoff seiner Uniform gefährlich unter dem Arm spannte.

«Das ist die einzige Möglichkeit», sagte er. «Zu so später Stunde werden Sie nirgendwo ein Einzelzimmer bekommen. Es steht Ihnen natürlich frei, in anderen Hotels nachzufragen. Aber ich kann Ihnen schon jetzt sagen, daß wir, wenn Sie ergebnislos zurückkommen, nicht mehr in der Lage sein werden, Ihnen zu dienen. Denn das freie Bett in dem Doppelzimmer, das Sie – ich weiß nicht aus welchen Gründen – nicht nehmen wollen, wird dann auch einen Müden gefunden haben.»

«Gut», sagte Schwamm, «ich werde das Bett nehmen. Nur, wie Sie vielleicht verstehen werden, möchte ich wissen, mit wem ich das Zimmer zu teilen habe; nicht aus Vorsicht, gewiß nicht, denn ich habe nichts zu befürchten. Ist mein Partner – Leute, mit denen man eine Nacht verbringt, könnte man doch fast Partner nennen – schon da?»

«Ja, er ist da und schläft.»

«Er schläft», wiederholte Schwamm, ließ sich die Anmeldeformulare geben, füllte sie aus und reichte sie dem Nachtportier zurück; dann ging er hinauf.

Unwillkürlich verlangsamte Schwamm, als er die Zimmertür mit der ihm genannten Zahl erblickte, seine Schritte, hielt den Atem an, in der Hoffnung, Geräusche, die der Fremde verursachen könnte, zu hören, und beugte sich dann zum Schlüsselloch hinab. Das Zimmer war dunkel. In diesem Augenblick hörte er jemanden die Treppe heraufkommen, und jetzt mußte er handeln. Er konnte fortgehen, selbstverständlich, und so tun, als ob er sich im Korridor geirrt habe. Eine andere Möglichkeit bestand darin, in das Zimmer zu treten, in welches er rechtmäßig eingewiesen worden war und in dessen einem Bett bereits ein Mann schlief.

Schwamm drückte die Klinke herab. Er schloß die Tür wieder und tastete mit flacher Hand nach dem Lichtschalter. Da hielt er plötzlich inne: neben ihm – und er schloß sofort, daß da die Betten stehen müßten – sagte jemand mit einer dunklen, aber auch energischen Stimme:

«Halt! Bitte machen Sie kein Licht. Sie würden mir einen Gefallen tun, wenn Sie das Zimmer dunkel ließen.»

«Haben Sie auf mich gewartet?» fragte Schwamm erschrocken; doch er erhielt keine Antwort. Statt dessen sagte der Fremde:

«Stolpern Sie nicht über meine Krücken, und seien Sie vorsichtig, daß Sie nicht über meinen Koffer fallen, der ungefähr in der Mitte des Zimmers steht. Ich werde Sie sicher zu Ihrem Bett dirigieren: Gehen Sie drei Schritte an der Wand entlang, und dann wenden Sie sich nach links, und wenn Sie wiederum drei Schritte getan haben, werden Sie den Bettpfosten berühren können.»

Schwamm gehorchte: er erreichte sein Bett, entkleidete sich und schlüpfte unter die Decke. Er hörte die Atemzüge des anderen und spürte, daß er vorerst nicht würde einschlafen können.

«Übrigens», sagte er zögernd nach einer Weile, «mein Name ist Schwamm.»

«So», sagte der andere.

«Ja.»

«Sind Sie zu einem Kongreß hierhergekommen?»

«Nein. Und Sie?»

«Nein.»

«Geschäftlich?»

«Nein, das kann man nicht sagen.»

«Wahrscheinlich habe ich den merkwürdigsten Grund, den je ein Mensch hatte, um in die Stadt zu fahren», sagte Schwamm. Auf dem nahen Bahnhof rangierte ein Zug. Die Erde zitterte, und die Betten, in denen die Männer lagen, vibrierten.

«Wollen Sie in der Stadt Selbstmord begehen?» fragte der andere.

«Nein», sagte Schwamm, «sehe ich so aus?»

«Ich weiß nicht, wie Sie aussehen», sagte der andere, «es ist dunkel.»

Schwamm erklärte mit banger Fröhlichkeit in der Stimme:

«Gott bewahre, nein. Ich habe einen Sohn, Herr ... (der andere nannte nicht seinen Namen), einen kleinen Lausejungen, und seinetwegen bin ich hierhergefahren.»

«Ist er im Krankenhaus?»

«Wieso denn? Er ist gesund, ein wenig bleich zwar, das mag sein, aber sonst sehr gesund. Ich wollte Ihnen sagen, warum ich hier bin, hier bei Ihnen, in diesem Zimmer. Wie ich schon sagte, hängt das mit meinem Jungen zusammen. Er ist äußerst sensibel, mimosenhaft, er reagiert bereits, wenn ein Schatten auf ihn fällt.»

«Also ist er doch im Krankenhaus.»

«Nein», rief Schwamm, «ich sagte schon, daß er gesund ist, in jeder Hinsicht. Aber er ist gefährdet, dieser kleine Bengel hat eine Glasseele, und darum ist er bedroht.»

«Warum begeht er nicht Selbstmord?» fragte der andere.

«Aber hören Sie, ein Kind wie er, ungereift, in solch einem Alter! Warum sagen Sie das? Nein, mein Junge ist aus folgendem Grund gefährdet: Jeden Morgen, wenn er zur Schule geht – er geht übrigens immer allein dorthin – jeden Morgen muß er vor einer Schranke stehen bleiben und warten, bis der Frühzug vorbei ist. Er steht dann da, der kleine Kerl, und winkt, winkt heftig und freundlich und verzweifelt.»

«Ja und?»

«Dann», sagte Schwamm, «dann geht er in die Schule, und wenn er nach Hause kommt, ist er verstört und benommen, und manchmal heult er auch. Er ist nicht imstande, seine Schularbeiten zu machen, er mag nicht spielen und nicht sprechen: das geht nun schon seit Monaten so, jeden lieben Tag. Der Junge geht mir kaputt dabei!»

«Was veranlaßt ihn denn zu solchem Verhalten?»

«Sehen Sie», sagte Schwamm, «das ist merkwürdig: Der Junge winkt, und – wie er traurig sieht – es winkt ihm keiner der Reisenden zurück. Und das nimmt er sich so zu Herzen, daß wir – meine Frau und ich – die größten Befürchtungen haben. Er winkt, und keiner winkt zurück; man kann die Reisenden natürlich nicht dazu zwingen, und es wäre absurd und lächerlich, eine diesbezügliche Vorschrift zu erlassen, aber ...»

«Und Sie, Herr Schwamm, wollen nun das Elend Ihres Jungen aufsaugen, indem Sie morgen den Frühzug nehmen, um dem Kleinen zu winken?»

«Ja», sagte Schwamm, «ja.»

«Mich», sagte der Fremde, «gehen Kinder nichts an. Ich hasse sie und weiche ihnen aus, denn ihretwegen habe ich – wenn man's genau nimmt – meine Frau verloren. Sie starb bei der ersten Geburt.»

«Das tut mir leid», sagte Schwamm und stützte sich im Bett auf. Eine angenehme Wärme floß durch seinen Körper; er spürte, daß er jetzt würde einschlafen können.

Der andere fragte: «Sie fahren nach Kurzbach, nicht wahr?»

«Ja.»

«Und Ihnen kommen keine Bedenken bei Ihrem Vorhaben? Offener gesagt: Sie schämen sich nicht, Ihren Jungen zu betrügen? Denn, was Sie vorhaben, Sie müssen es zugeben, ist doch ein glatter Betrug, eine Hintergehung.»

Schwamm sagte aufgebracht: «Was erlauben Sie sich, ich

bitte Sie, wie kommen Sie dazu!» Er ließ sich fallen, zog die Decke über den Kopf, lag eine Weile überlegend da und schlief dann ein.

Als er am nächsten Morgen erwachte, stellte er fest, daß er allein im Zimmer war. Er blickte auf die Uhr und erschrak: bis zum Morgenzug blieben ihm noch fünf Minuten, es war ausgeschlossen, daß er ihn noch erreichte.

Am Nachmittag – er konnte es sich nicht leisten, noch eine Nacht in der Stadt zu bleiben – kam er niedergeschlagen und enttäuscht zu Hause an.

Sein Junge öffnete ihm die Tür, glücklich, außer sich vor Freude. Er warf sich ihm entgegen und hämmerte mit den Fäusten gegen seinen Schenkel und rief:

«Einer hat gewinkt, einer hat ganz lange gewinkt.»

«Mit einer Krücke?» fragte Schwamm.

«Ja, mit einem Stock. Und zuletzt hat er sein Taschentuch an den Stock gebunden und es so lange aus dem Fenster gehalten, bis ich es nicht mehr sehen konnte.»

Hilde Domin

Älter werden

Antwort an Christa Wolf

> *«Du weinst um das Nachlassen ... und,*
> *so unglaublich es sein mag, den*
> *unvermeidlichen Verfall der Sehnsucht.»*
> *(«Kindheitsmuster»)*

Die Sehnsucht
nach Gerechtigkeit
nimmt nicht ab
Aber die Hoffnung

Die Sehnsucht
nach Frieden
nicht
Aber die Hoffnung

Die Sehnsucht nach Sonne
nicht
täglich kann das Licht kommen
durchkommen

Das Licht ist immer da
eine Flugzeugfahrt reicht
zur Gewißheit

Aber die Liebe

der Tode und Auferstehungen fähig

wie wir selbst
und wie wir

der Schonung bedürftig

Anne Frank

‹Briefe an Kitty›

Dienstag, 22. Dezember 1942

Liebe Kitty!

Das Hinterhaus hat mit Freude vernommen, daß jeder zu Weihnachten ein viertel Pfund Butter extra bekommt. In der Zeitung steht zwar ein halbes Pfund, aber das gilt nur für die glücklichen Sterblichen, die ihre Lebensmittelkarten vom Staat bekommen, nicht für untergetauchte Juden, die, weil der Preis so hoch ist, nur vier statt acht Karten illegal kaufen können. Wir wollen alle etwas backen mit dieser Butter. Ich habe heute morgen Plätzchen und zwei Torten gemacht. Oben gibt es viel Arbeit, und Mutter hat verboten, daß ich lerne oder lese, bevor die ganze Hausarbeit erledigt ist.

Frau van Daan liegt mit ihrer gequetschten Rippe im Bett, klagt den ganzen Tag, läßt sich ständig neue Verbände anlegen und ist mit nichts zufrieden. Ich werde froh sein, wenn sie wieder auf ihren beiden Beinen steht und ihren Kram selbst macht. Denn das muß man sagen, sie ist außergewöhnlich fleißig und ordentlich, und solange sie sich körperlich und geistig in einem guten Zustand befindet, auch fröhlich.

Als ob ich tagsüber nicht schon genug «pst, pst» zu hören bekomme, weil ich immer zuviel Lärm mache, ist mein Herr Zimmergenosse nun auf die Idee gekommen, mir auch nachts wiederholt «pst, pst» zuzurufen. Ich dürfte micht, wenn es nach ihm ginge, noch nicht mal umdrehen. Ich denke nicht daran, das zu beachten, und das nächste Mal rufe ich einfach auch «pst».

Er wird von Tag zu Tag unangenehmer und egoistischer. Von den freigiebig versprochenen Plätzchen habe ich nach der ersten Woche kein Stück mehr gesehen. Vor allem sonntags macht er mich wütend, wenn er so früh das Licht anmacht und mit seinen zehn Minuten Gymnastik anfängt.

Mir armen Geplagten kommt es wie Stunden vor, denn die Stühle, mit denen mein Bett verlängert ist, schieben sich ständig unter meinem schläfrigen Kopf hin und her. Nachdem er mit ein paar heftigen Armschwüngen seine Gelenkigkeitsübungen beendet hat, beginnt der Herr mit seiner Toilette. Die Unterhose hängt am Haken, also erst dorthin, dann wieder zurück. Die Krawatte liegt auf dem Tisch, also wieder schiebend und stoßend an meinen Stühlen vorbei und auf die gleiche Art zurück.

Aber ich will Dich nicht mit Gejammer über alte, unangenehme Herren aufhalten, es wird doch nicht besser davon. Und alle meine Rachepläne (Birnen ausschrauben, Tür abschließen, Kleider verstecken) muß ich um des lieben Friedens willen leider unterlassen.

Ach, ich werde ja so vernünftig! Alles muß hier mit Vernunft geschehen, lernen, zuhören, Mund halten, helfen, lieb sein, nachgeben und was weiß ich noch alles! Ich habe Angst, daß ich meinen Vorrat an Vernunft, der ohnehin nicht besonders groß ist, viel zu schnell verbrauche und für die Nachkriegszeit nichts mehr übrig behalte. Deine Anne

Montag, 27. Dezember 1943

Freitagabend habe ich zum erstenmal in meinem Leben etwas zu Weihnachten bekommen. Die Mädchen, Kleiman und Kugler hatten wieder eine herrliche Überraschung vorbereitet. Miep hat einen wunderbaren Weihnachtskuchen gebacken, auf dem «Friede 1944» stand. Bep hat ein Pfund Butterkekse in Vorkriegsqualität besorgt.

Für Peter, Margot und mich gab es eine Flasche Joghurt und für die Erwachsenen je eine Flasche Bier. Alles war wieder so hübsch eingepackt, mit Bildchen auf den verschiedenen Paketen. Ansonsten sind die Weihnachtstage schnell vorbeigegangen. Anne

Rose Ausländer

Wir leben

Ohren hören
die Welt sprechen
weinen und lachen

Augen sehen die
Wirklichkeit
brennen

Wir schlafen die Finsternis
träumen das Licht

Unermüdlich
zahllose Aufenthalte
bis ins Nichts

Wir leben
das Leben

Wolfgang Borchert

Die drei dunklen Könige

Oh, nichts, wisperte er, das sind nur die Nerven. Man hat eben zuviel Angst gehabt.

Er tappte durch die dunkle Vorstadt. Die Häuser standen abgebrochen gegen den Himmel. Der Mond fehlte, und das Pflaster war erschrocken über den späten Schritt. Dann fand er eine alte Planke. Da trat er mit dem Fuß gegen, bis eine Latte morsch aufseufzte und losbrach. Das Holz roch mürbe und süß. Durch die dunkle Vorstadt tappte er zurück. Sterne waren nicht da.

Als er die Tür aufmachte (sie weinte dabei, die Tür), sahen ihm die blaßblauen Augen seiner Frau entgegen. Sie kamen aus einem müden Gesicht. Ihr Atem hing weiß im Zimmer, so kalt war es. Er beugte sein knochiges Knie und brach das Holz. Das Holz seufzte. Dann roch es mürbe und süß ringsum. Er hielt sich ein Stück davon unter die Nase. Riecht beinahe wie Kuchen, lachte er leise. Nicht, sagten die Augen der Frau, nicht lachen. Er schläft.

Der Mann legte das süße mürbe Holz in den kleinen Blechofen. Da glomm es auf und warf eine Handvoll warmes Licht durch das Zimmer. Die fiel hell auf ein winziges rundes Gesicht und blieb einen Augenblick. Das Gesicht war erst eine Stunde alt, aber es hatte schon alles, was dazugehört: Ohren, Nase, Mund und Augen. Die Augen mußten groß sein, das konnte man sehen, obgleich sie zu waren. Aber der Mund war offen, und es pustete leise daraus. Nase und Ohren waren rot. Eri lebt, dachte die Mutter. Und das kleine Gesicht schlief.

Da sind noch Haferflocken, sagte der Mann. Ja, antwortete die Frau, das ist gut. Es ist kalt. Der Mann nahm noch von dem süßen weichen Holz. Nun hat sie ihr Kind gekriegt und muß frieren, dachte er. Aber er hatte keinen, dem er dafür die Fäuste ins Gesicht schlagen konnte. Als er die Ofentür aufmachte, fiel wieder eine Handvoll Licht über das schlafende Gesicht. Die Frau sagte leise: Guck, wie ein Heiligenschein, siehst du? Heiligenschein! dachte er, und er hatte keinen, dem er die Fäuste ins Gesicht schlagen konnte. Dann waren welche an der Tür. Wir sahen das Licht, sagten sie, vom Fenster. Wir wollen uns zehn Minuten hinsetzen. Aber wir haben ein Kind, sagte der Mann zu ihnen. Da sagten sie nichts weiter, aber sie kamen doch ins Zimmer, stießen Nebel aus den Nasen und hoben die Füße hoch. Wir sind ganz leise, flüsterten sie und hoben die Füße hoch. Dann fiel das Licht auf sie.

Drei waren es. In drei alten Uniformen. Einer hatte einen Pappkarton, einer einen Sack. Und der dritte hatte keine Hände. Erfroren, sagte er, und hielt die Stümpfe hoch. Dann drehte er dem Mann die Manteltasche hin. Tabak war darin und dünnes Papier. Sie drehten Zigaretten. Aber die Frau sagte: Nicht, das Kind.

Da gingen die vier vor die Tür, und ihre Zigaretten waren vier Punkte in der Nacht. Der eine hatte dicke umwickelte Füße. Er nahm ein Stück Holz aus seinem Sack. Ein Esel, sagte er, ich habe sieben Monate daran geschnitzt. Für das Kind. Das sagte er und gab es dem Mann. Was ist mit den Füßen? fragte der Mann. Wasser, sagte der Eselschnitzer, vom Hunger. Und der andere, der dritte? fragte der Mann und befühlte im Dunkeln den Esel. Der dritte zitterte in seiner Uniform. Oh, nichts, wisperte er, das sind nur die Nerven. Man hat eben zuviel Angst gehabt. Dann traten sie die Zigaretten aus und gingen wieder hinein.

Sie hoben die Füße hoch und sahen auf das kleine schlafende Gesicht. Der Zitternde nahm aus seinem Pappkarton zwei gelbe Bonbons und sagte dazu: Für die Frau sind die.

Die Frau machte die blassen Augen weit auf, als sie die drei Dunklen über das Kind gebeugt sah. Sie fürchtete sich.

Aber da stemmte das Kind seine Beine gegen ihre Brust und schrie so kräftig, daß die drei Dunklen die Füße aufhoben und zur Tür schlichen. Hier nickten sie nochmal, dann stiegen sie in die Nacht hinein.

Der Mann sah ihnen nach. Sonderbare Heilige, sagte er zu seiner Frau. Dann machte er die Tür zu. Schöne Heilige sind das, brummte er und sah nach den Haferflocken. Aber er hatte kein Gesicht für seine Fäuste.

Aber das Kind hat geschrien, flüsterte die Frau, ganz stark hat es geschrien. Da sind sie gegangen. Kuck mal, wie lebendig es ist, sagte sie stolz. Das Gesicht machte den Mund auf und schrie.

Weint er? fragte der Mann.

Nein, ich glaube, er lacht, antwortete die Frau.

Beinahe wie Kuchen, sagte der Mann und roch an dem Holz, wie Kuchen. Ganz süß.

Heute ist ja auch Weihnachten, sagte die Frau.

Ja, Weihnachten, brummte er, und vom Ofen hier fiel eine Handvoll Licht hell auf das kleine schlafende Gesicht.

Günter Kunert

Weihnacht

In allen Häusern ist schon Licht.
Hingegen in den Hauptessachen: Dunkelheit.
Unhörbar, was die Nacht verspricht
an kurzer Freude und an langem Leid.

Was hier als Zeichen in der Wiege ruht,
Jahrhundert um Jahrhundert fromm verehrt:
Ein bißchen Fleisch und Bein und Blut
ist allemal auch uns beschert.

Doch alles Feiern gilt dem einen Kind,
das später einmal unter Foltern stirbt.
Trotz allem Licht: Wir bleiben blind:
auf das uns nichts den Appetit verdirbt.

Ingeborg Drewitz

Denk ich an Weihnacht

Die Unbefangenheit ist verloren, wenn ich die Geschichte lese, höre: Es begab sich aber zu der Zeit ..., die Unbefangenheit, sich ihr anzuvertrauen, Geschichten der eigenen Lebenszeit dahinter zu erkennen, Geschichten von Flucht und Heimatlosigkeit, Geschichten aus Krieg und Nachkrieg, Geschichten von all denen, die in unserm Land Asyl suchen und – wie viele – es längst nicht mehr finden. Es begab sich aber zu der Zeit ...

Und es begibt sich doch noch immer, täglich. Waisenhorden in Uganda, die niemanden haben, der ihnen ein Stück Brot, einen Fladen, geschweige ein Dach überm Kopf gibt; Flüchtende vor feindlicher Soldateska, die die Dörfer anzünden, die Felder verheeren; Flüchtende aus einem Hungerland in ein anderes Hungerland, wo sie der Slum, die Bustee, die Boudainville, die Favela erwartet; Flüchtende über Minengürtel; Gejagte, die nie wieder umkehren können – anders als Maria und Joseph und das Kind, die ja nur zur Volkszählung in das menschenüberfüllte Bethlehem gewandert sind. Kinder der Flucht, im Schilfgürtel geboren, in einem Erdloch unter peitschenden Schüssen, auf einem Flüchtlingsschiff mitten im Sturm; Kinder der Heimatlosen in den Dschungeln der großen Städte, in einem Pappkarton abgelegt, ein Schild um den Hals oder auch nicht; Kinder, über die kein Sternbild wacht, zu denen niemand kommt, um niederzuknien, für die sich keine Könige auf den Weg machen. Vielleicht kommt zufällig jemand vorbei, hat ein Tuch für das Neugeborene, eine alte Jacke, weiß die Adresse von der Fürsorge oder geht zur nächsten Polizeistation und meldet diese anrüchige Geburt auf der Straße, im Park, im Feld.

Es begab sich aber zu der Zeit ...

Die rührende Szene im Stall, weil die Gasthäuser überfüllt waren, abertausendmal gemalt, geschnitzt, in Pappmaché und Gips dargestellt und besungen und aufgeführt in Kostümen aller Jahrhunderte, in Bauernkostümen, in höfischer Pracht und vorm Weihnachtsbaum der Bürgerfamilien.

Es begab sich aber zu der Zeit ...

Die Unbefangenheit ist verloren, nicht aber die Schönheit dieser einfachen Geschichte, nicht die Hoffnung, die durch die Hirten und die drei Könige zum Ausdruck gebracht wird, nicht das Vor-Wissen von der Tragik dieses so ausgezeichneten Kindes, nicht das Vertrauen, das ein so in Tradition und Erwartung eingebundenes Menschenleben noch immer erweckt (geboren aus Davids Geschlecht, versehen mit dem Signum der Besonderheit durch die Verkündigung des Engels, belastet mit der Messiaserwartung, die durch das besetzte Land zwischen dem See Genezareth und den Judäischen Bergen geistert), denn die Hoffnung der Ungezählten hängt sich noch immer an einzelne, verkennt – wie oft! – die Verführer, und ist doch nichts anderes als der Wunsch, da zu sein, zu leben, erkannt zu werden als ein Ich, ein Du.

Es begab sich aber zu der Zeit ...

Nein, es begibt sich nicht mehr. Das Charisma eines einzelnen verändert nichts mehr angesichts des Milliardenelends und des drohenden Millionentodes. Und doch halten wir den Atem an, wenn wir den Satz hören, als wäre es noch möglich, daß irgendwo ein Mensch geboren wird, vorbestimmt zum Scheitern, und uns doch ansprechen wird, dich und mich: Halt ein, ändere dich, und du änderst die Welt, halte die Schmähungen auf, und du machst sie unwirksam, verweigere dich den Zerstörern, und du wirst sie für die Dauer eines Lidschlags erschrecken.

Es begab sich aber zu der Zeit ...

Eine Geschichte, die aus der Erinnerung in die Gegenwart und Zukunft hineinreicht. Noch.

Ilse Aichinger

Das Fenster-Theater

Die Frau lehnte am Fenster und sah hinüber. Der Wind trieb in leichten Stößen vom Fluß herauf und brachte nichts Neues. Die Frau hatte den starren Blick neugieriger Leute, die unersättlich sind. Es hatte ihr noch niemand den Gefallen getan, vor ihrem Haus niedergefahren zu werden. Außerdem wohnte sie im vorletzten Stock, die Straße lag zu tief unten. Der Lärm rauschte nur mehr leicht herauf. Alles lag zu tief unten. Als sie sich eben vom Fenster abwenden wollte, bemerkte sie, daß der Alte gegenüber Licht angedreht hatte. Da es noch ganz hell war, blieb dieses Licht für sich und machte den merkwürdigen Eindruck, den aufflammende Straßenlaternen unter der Sonne machen. Als hätte einer an seinen Fenstern die Kerzen angesteckt, noch ehe die Prozession die Kirche verlassen hat. Die Frau blieb am Fenster.

Der Alte öffnete und nickte herüber. Meint er mich? dachte die Frau. Die Wohnung über ihr stand leer, und unterhalb lag eine Werkstatt, die um diese Zeit schon geschlossen war. Sie bewegte leicht den Kopf. Der Alte nickte wieder. Er griff sich an die Stirne, entdeckte, daß er keinen Hut aufhatte, und verschwand im Innern des Zimmers.

Gleich darauf kam er in Hut und Mantel wieder. Er zog den Hut und lächelte. Dann nahm er ein weißes Tuch aus der Tasche und begann zu winken. Erst leicht und dann immer eifriger. Er hing über die Brüstung, daß man Angst bekam, er würde vornüberfallen. Die Frau trat einen Schritt zurück, aber das schien ihn nur zu bestärken. Er ließ das Tuch fallen, löste seinen Schal vom Hals – einen großen bunten Schal – und ließ ihn aus dem Fenster wehen. Dazu lächelte er. Und als sie noch einen weiteren Schritt zurücktrat, warf er den Hut mit einer heftigen Bewegung ab und wand den Schal wie einen Turban um seinen Kopf. Dann kreuzte er die Arme über der Brust und verneigte sich. Sooft er aufsah, kniff er das linke Auge zu, als herrsche zwischen ihnen ein geheimes Einverständnis. Das bereitete ihr so lange Vergnügen, bis sie plötzlich nur mehr seine Beine in dünnen, geflickten Samthosen in die Luft ragen sah. Er stand auf dem Kopf. Als sein Gesicht gerötet, erhitzt und freundlich wieder auftauchte, hatte sie schon die Polizei verständigt.

Und während er, in ein Leintuch gehüllt, abwechselnd an beiden Fenstern erschien, unterschied sie schon drei Gassen weiter über dem Geklingel der Straßenbahnen und dem gedämpften Lärm der Stadt das Hupen des Überfallautos. Denn ihre Erklärung hatte nicht sehr klar und ihre Stimme erregt geklungen. Der alte Mann lachte jetzt, so daß sich sein Gesicht in tiefe Falten legte, streifte dann mit einer vagen Gebärde darüber, wurde ernst, schien das Lachen eine Sekunde lang in der hohlen Hand zu halten und warf es dann hinüber. Erst als der Wagen schon um die Ecke bog, gelang es der Frau, sich von seinem Anblick loszureißen.

Sie kam atemlos unten an. Eine Menschenmenge hatte sich um den Polizeiwagen gesammelt. Die Polizisten waren abgesprungen und die Menge kam hinter ihnen und der Frau her. Sobald man die Leute zu verscheuchen suchte, erklärten sie einstimmig, in diesem Hause zu wohnen. Einige davon kamen bis zum letzten Stock mit. Von den Stufen beobachteten sie, wie die Männer, nachdem ihr Klopfen vergeblich blieb und die Glocke allem Anschein nach nicht funktionierte, die Tür aufbrachen. Sie arbeiteten schnell und mit einer Sicherheit, von der jeder Einbrecher lernen konnte. Auch in dem Vorraum, dessen Fenster auf den Hof sahen, zögerten sie nicht eine Sekunde. Zwei von ihnen zogen die Stiefel aus und schlichen um die Ecke. Es war inzwischen finster geworden. Sie stießen an einen Kleiderständer, gewahrten den Lichtschein am Ende des schmalen Ganges und gingen ihm nach. Die Frau schlich hinter ihnen her.

Als die Tür aufflog, stand der alte Mann, mit dem Rücken zu ihnen gewandt, noch immer am Fenster. Er hielt ein großes weißes Kissen auf dem Kopf, das er immer wieder abnahm, als bedeutete er jemandem, daß er schlafen wolle. Den Teppich, den er vom Boden genommen hatte, trug er um die Schultern. Da er schwerhörig war, wandte er sich auch nicht um, als die Männer schon knapp hinter ihm standen und die Frau über ihn hinweg in ihr eigenes finsteres Fenster sah.

Die Werkstatt unterhalb war, wie sie angenommen hatte, geschlossen. Aber in die Wohnung oberhalb mußte eine neue Partei eingezogen sein. An eines der erleuchteten Fenster war ein Gitterbett geschoben, in dem aufrecht ein kleiner Knabe stand. Auch er trug sein Kissen auf dem Kopf und die Bettdecke um die Schultern. Er sprang und winkte herüber und krähte vor Jubel. Er lachte, strich mit der Hand über das Gesicht, wurde ernst und schien das Lachen eine Sekunde lang in der hohlen Hand zu halten. Dann warf er es mit aller Kraft den Wachleuten ins Gesicht.

Johannes Bobrowski

Weihnachtsgetier

Ich habe eine Wut, sagt der Hahn,
ich will mein Idyll.
Lieber, sag ich, dann rett deinen Kamm,
jetzt federn die Hühner.
Ach, ich sing nur, sagt er,
und ich in der Dämmerung früh
geh um das Haus, um den Wald
der Dachs
zieht seine Torkelspur.
Und kein Schnee.
Nur die Eule
mit Katzenlauten. Die Fichten
feucht. Auf den Nebeln
zittert das Licht.

Stroh
werden wir streun. Die Stille
sammeln unter das Dach,
einmal die Fenster
öffnen für einen Kerzentanz,
Ochs und Esel beschenken,
wir kennen da eine Geschichte,
die ist wie wir – eine große
Finsternis unter den Himmeln.
Darin die Winter fahren
mit Flügeln rot, umglänzt
von silbernen Stimmen.

Ernst Toller

An Netty Katzenstein

Ich fand ein Wort von Clemens Brentano:

«Freundschaft heißt nicht zusammenhängen und zusammensitzen, Freundschaft ist groß und frei und liegt im Gedanken, für den jeder Raum gleich nah ist.»

14. 8. 1922

Johannes Bobrowski

Wie hatte die Vergeblichkeit der Jahre
uns kalt und leer gemacht wie ein Grab!
Da stiegen wir aus der Ruinen Starre
dem weiten Hange nach zum Don hinab.

Und hielten an der Hand uns, lachten, bebten
vor wildem Glücke, riefen wolkenweit:
weil immer noch die alten Ströme lebten
und rauschten wie voreinst und alle Zeit.

Victor Klemperer

Dezember 1943

25. Dezember, Sonnabend vormittag, Weihnachten

Gestern, am 24. 12., um halb vier früh, zwei Minuten vor meinem Wecker: Fliegeralarm. In den Keller. *Unser* Luftgepäck besteht wieder nur aus Evas Notenmanuskripten. Ich fügte dies einzige Notizblatt hinzu, das wir im Hause hatten. Im übrigen muß man wohl schicksalsgläubig sein. Der Alarm dauerte fast zwei Stunden, wieder ohne daß irgend etwas erfolgte. Aber die Angst wächst ständig. [...]

Am späten Nachmittag kam Frau Winde als rührender Weihnachtsmann. Eßwaren, zwei Zigarillos, die ich schwersten Herzens Berger schenkte – ich fürchte mich vor dem Rauchen, entbehre es und halte die Entbehrung für sinnlos –, ein paar mir wunderbar passende Skistiefel ihrer Söhne – das Schuhzeug, das ich neulich von der Gemeinde erhielt, ist ebenso dünn und oben durchgescheuert wie das in meinem Besitz befindliche. –

Stühler sagte mir vorgestern fast wörtlich: «Der Krieg dauert noch sehr lange. Die militärischen Reserven der Nazis mögen erschöpft sein, die propagandistischen sind es noch lange nicht. Ich habe Hitler schon 1922 in München reden hören, er tut eine ungeheure Wirkung. Wenn hier in Dresden 90 Prozent gegen ihn wären und er käme heute her und spräche hier, dann wären morgen die ganzen 90 Prozent wieder in seiner Hand!»

[...]

27. Dezember, Montag abend

Jüdische Legende um Leipzig, Gegenstück zu der vor Jahren notierten katholischen: «Mein Kind soll nicht als Erstes den Judenjungen sehen.» – «Ihr Kind kann das Bild des Erlösers nicht sehen; es kam blind zur Welt.» Jacobowicz erzählt *gläubig:* «Um 4.15 Uhr wurden 1938 die Juden in Leipzig aus den Betten geholt und ins KZ gebracht; um 4.15 Uhr haben neulich die Engländer angegriffen, alle elektrischen Uhren standen nachher auf 4.15 Uhr.» – Leipzig beherrschte gestern das Gespräch bei Steinitz. Eine Schwester der Frau dort verheiratet. Das Ehepaar lief beim Alarm in den Keller, schon krachten die Bomben, und ihr Haus stürzte zum großen Teil ein. Sie wurden gerettet, aber ohne Wäsche, Kleidung, ganz nackt und bloß. Sie erhielten vorderhand 500 M. Frau Steinitz erzählte noch von einem getroffenen riesigen Kühlhaus. Ein Strom zersprungener Abertausender Eier floß heraus, ein ebensolcher Strom geschmolzener Butter und Margarine. Die beim Löschen tätigen gefangenen Russen hätten sich das Fett mit beiden Händen in die Mäuler geschmiert, bis ihnen übel wurde. Löschende Soldaten hätten sich über Wein hergemacht, den Flaschen an der nächsten Mauer die Hälse abgeschlagen und gesoffen ... Ganze Straßenzüge sollen umgelegt sein. Die neulich einmal mit 28 000, einmal mit 18 000 angegebene Zahl der Toten war hier auf «nur» 1200 abgesunken. Frau Steinitz sprach mit namenloser Angst von der Möglich- oder gar Wahrscheinlichkeit eines Angriffs auf Dresden. –

31. Dezember, Freitag neunzehn Uhr

[...]

Vorgestern abend, 29. 12., kurzer Alarm 20.00–20.45 Uhr. Wir saßen beinahe gemütlich in dem inzwischen ausgebauten Keller. Stützende Stempel sind eingefügt wie in einem Bergwerk, es ist geheizt, eine Apotheke und eine Bahre hängen an der Wand, ein Tisch ist aufgestellt. Aber im Plaudern erzählte mir Frau Eisenmann: Ihr Mann liege im Berliner Krankenhaus mit einem Professor Heinemann aus Leipzig zusammen, der mich kenne. (Die Feder gleitet immer wieder ab, ich bin am Einschlafen.) Er ist in Leipzig mitgetroffen worden, das jüdische Bein mußte in Berlin amputiert werden. Und während unseres friedlichen Alarms wurde Berlin wieder schwer getroffen. In Dresden herrscht überall namenlose Angst. Es gibt sicher heute keinen Menschen hier, der sich nicht mit einem Fuß im Grabe fühlt. Dabei wird Dresdens Verschontbleiben immer rätselhafter. Eben wird wieder Voralarm gemeldet. Vormittags schon soll Voralarm 15 (15 Flugminuten Distanz) gewesen sein. Im «Reich» aber erklärt Goebbels (12. 12.), der englische «Bombenterror» festige nur immer mehr die deutsche Einheit und den deutschen Haß und Kriegswillen. – Eben ein Luftschutz-Umlauf: Verteilung der Kellerinsassen auf die Ausstiegfenster, Aufstellung der Helfer etc. Alles ist auf den «Katastrophenfall» gerüstet. – Eva hat sich als «Laienhelferin» gemeldet, Katz wird einen Kurs abhalten.

In Katz' Sprechzimmer hängt eine Photographie: Stabsarzt-Uniform und EK 1. Die meisten Menschen zehren von *einem* Erlebnis, *einer* Phase ihres Lebens (so Hans Meyerhof von der Räterepublik, Stern von seinen zwei oder drei Jugendjahren in Südafrika, Katz Willy, feu Katz Richard vom Weltkrieg). Mein Leben ist unendlich viel reicher. Aber es geht ja nun wohl zur Neige.

Franz Kafka

Heimkehr

Ich bin zurückgekehrt, ich habe den Flur durchschnitten und blicke mich um. Es ist meines Vaters alter Hof. Die Pfütze in der Mitte. Altes, unbrauchbares Gerät, ineinanderverfahren, verstellt den Weg zur Bodentreppe. Die Katze lauert auf dem Geländer. Ein zerrissenes Tuch, einmal im Spiel um eine Stange gewunden, hebt sich im Wind. Ich bin angekommen. Wer wird mich empfangen? Wer wartet hinter der Tür der Küche? Rauch kommt aus dem Schornstein, der Kaffee zum Abendessen wird gekocht. Ist dir heimlich, fühlst du dich zu Hause? Ich weiß es nicht, ich bin sehr unsicher. Meines Vaters Haus ist es, aber kalt steht Stück neben Stück, als wäre jedes mit seinen eigenen Angelegenheiten beschäftigt, die ich teils vergessen habe, teils niemals kannte. Was kann ich ihnen nützen, was bin ich ihnen und sei ich auch des Vaters, des alten Landwirts Sohn. Und ich wage nicht, an der Küchentür zu klopfen, nur von der Ferne horche ich, nur von der Ferne horche ich stehend, nicht so, daß ich als Horcher überrascht werden könnte. Und weil ich von der Ferne horche, erhorche ich nichts, nur einen leichten Uhrenschlag höre ich oder glaube ihn vielleicht nur zu hören, herüber aus den Kindertagen. Was sonst in der Küche geschieht, ist das Geheimnis der dort Sitzenden, das sie vor mir wahren. Je länger man vor der Tür zögert, desto fremder wird man. Wie wäre es, wenn jetzt jemand die Tür öffnete und mich etwas fragte. Wäre ich dann nicht selbst wie einer, der sein Geheimnis wahren will.

Dorothee Sölle

Märchentagung

Als ich die zärtlichkeit gottes erzählen wollte
mußt ich die ältesten märchen bemühen
von der nachtigall die so singt daß alle von sinnen kamen
nicht hier nicht hier

Als ich die zärtlichkeit gottes mitteilen wollte
hab ich zugehört hab ich geschwiegen
hab ich leiser gesprochen
nicht hier nicht hier

als ich die zärtlichkeit gottes austeilen ging
sah ich den unglauben auf zwei gesichtern
eines mannes und eines mädchens
ganz langsam schmelzen
ob du es glaubst oder nicht
das war hier das war hier

Stefan Heym

Mary

Die Nacht war kalt und sternenklar. An der Anlegestelle der Fährdampfer an der Südspitze der steinernen Insel Manhattan stauten sich die schmutzigen Eisschollen, und am Horizont ragten die glitzernden Wolkenkratzer auf wie ein Gebiß, das am seidigen Schwarz des Himmels nagt.

Auf dem letzten Fährdampfer nach Ellis Island – jener kleinen Gefängnisinsel im Hafen von New York, wo die des Landes Verwiesenen eingesperrt werden – befanden sich an diesem Heiligabend nur wenige Passagiere. Einer von ihnen war ein ältlicher, graubärtiger Mann in einem zerschlissenen Kaftan und mit Schuhen, die einst bessere Zeiten gesehen hatten. Sein Gesicht war sorgendurchfurcht, und er murmelte etwas, vielleicht Gebete, vielleicht Flüche – jedenfalls blieb, was er sagte, dem Einwanderungsbeamten neben ihm unverständlich. In Begleitung des Mannes war eine junge, hochschwangere Frau, deren große, traurige Augen ins Leere starrten.

«He, Joe!» sagte der Beamte.

Der Mann zuckte zusammen.

«Macht euch fertig, du und deine Tochter. Wir sind gleich da!» sagte der Mann. Der Beamte betrachtete die Schwellung unter dem dünnen Mantel Marys. Er schien zu grinsen. «Na wenn schon!» sagte er.

«Herrgott noch mal!» schimpfte der Schreiber in der Kanzlei von Ellis Island. «Nicht mal am Heiligabend hat man seine Ruhe. Dabei wartet meine Frau schon auf mich mit dem Essen. Ihr hättet das Pack auch noch drüben behalten können, wenigstens bis nach den Feiertagen! Außerdem sind wir hier überfüllt, jede Zelle ist doppelt belegt, nichts wie Rote und Ausländer. Manchmal denk ich schon, die ganzen Vereinigten Staaten sind nur noch von Roten und Ausländern bevölkert. Wo soll ich hin mit dem Zuwachs?» Der Beamte, der den Zuwachs gebracht hatte, zuckte die Achseln. «Geht mich doch nichts an. Unterschreib die Quittung hier, das ist alles. Ich muß zurück nach New York mit dem Fährdampfer; meine Familie wartet auch. So eine elende Kälte!»

«Also», sagte der Schreiber, «für heute werde ich sie in die Garage stecken; die ist auch verschließbar. Morgen wird man weitersehen.»

«Ist die Garage geheizt?» fragte der Beamte.

«Nein», sagte der Schreiber.

Der Beamte zog die Brauen hoch und blickte einen Moment lang auf den Mann und die zarte Frau, die in der Ecke des Büros warteten.

«Hätte nicht streiken sollen, der Alte», sagte er schließlich. «Dann brauchte er jetzt nicht zu frieren.»

«Die Garage ist noch viel zu gut für dieses rote Gesindel», sagte der Schreiber.

Der Mann mit dem Bart, den der Einwanderungsbeamte Joe genannt hatte, kam plötzlich auf ihn zu, stürzte vor ihm auf die Knie, und seine mageren Hände verkrallten sich in dem flauschigen Uniformmantel.

«Geben Sie uns wenigstens etwas Stroh!» bat er mit halberstickter Stimme. «Sie sehen doch – meine Frau wird bald –»

«Na, weil du's bist, Joe», sagte der Beamte; und zu dem Schreiber: «Gib ihm schon 'ne Matratze und paar Decken mit.» Und beeindruckt von seiner eigenen Großzügigkeit, ging er zu der Frau, hob mit zwei Fingern ihr Kinn, sah ihr ins Gesicht und sagte: «tsk, tsk, heute muß man sich's gut überlegen, bevor man Kinder kriegt ...»

Die Garagentür, die fest verschlossen war, knarrte in den Angeln. Joseph blickte auf, eine große Helligkeit verbreitete sich auf einmal. Jemand hatte die Bogenlampe, die hoch unter dem Dach hing, angeknipst. Im Licht dieser Lampe erblickte Joseph drei Männer, Arbeiter offensichtlich. Sie schienen unschlüssig zu zögern.

Dann hörte der eine, der ein westindischer Neger war, das leise Wimmern von der Matratze her, und seine sanften, dunklen Augen hefteten sich auf die in Decken gehüllte Gestalt der Frau. «Dort», sagte er.

Die anderen beiden nickten. Einer war ein hochgewachsener, breitschultriger Pole mit hervortretenden Backenknochen und einem gutmütigen, gerne lächelnden Mund. Der andere war klein und zierlich und hatte mandelförmige Augen, die blinzelten fröhlich. Er war in Amerika geboren, aber sein Vater war aus der Provinz Hunan in China gekommen.

«Wir haben den Stern gesehen», sagte der Pole.

«Welchen Stern?» fragte Joseph.

«Nun, man weiß doch – den Stern, der die Geburt des Kindes anzeigt ...»

Joseph wußte wirklich nicht, aber er war viel zu verschüchtert, um weitere Fragen zu stellen.

«Wir bringen Geschenke», sagte der Chinese.

Der Neger erklärte: «Drüben in der Baracke haben wir gehört, daß ihr gekommen seid, und daß deine Frau –»

Das Kind schrie kräftig auf.

«Ein Junge?» fragte der Chinese.

Joseph nickte.

«Lungen hat der!» sagte der Pole. «Donnerwetter! Der wird tüchtig wachsen und Muskeln haben und denen noch zu schaffen machen, den großen Herren! ...»

Der Neger stieß ihn an. «Die Geschenke!» flüsterte er.

«Ach ja», sagte der Chinese. «Also, wir haben eine Sammlung in der Baracke gemacht. Gold bringen wir zwar nicht, und auch keine Myrrhen.»

Er breitete die Schätze vor Mary aus, die Schätze der Armen, die von dem wenigen, was sie haben, geben: ein paar

Tücher, als Windeln verwertbar, ein bereits abgetragenes wollenes Kinderkleidchen; eine blauweißkarierte, weiche Decke, um den Kleinen warm einzuwickeln, und eine Klapper, damit er auch etwas zum Spielen habe. Und schließlich ein paar Dollar.

«Können wir ihn mal sehen?» fragte der Pole.

Mary lüftete einen Zipfel der Decke. Das Kind schlief.

Die drei blickten es an. «Wie soll er heißen?» fragte der Pole nach einer Weile.

«Joshua», sagte Joseph. «Und Zimmermann soll er werden.»

«Warum Zimmermann?» fragte der Neger.

«Das ist doch klar», sagte der Chinese. «Zimmerleute braucht man zum Bauen, und Bauen braucht man zum Frieden.»

«Ja», sagte der Pole, der religiös war. «Jesus war auch gelernter Zimmermann, und man nannte ihn den Fürsten des Friedens. Jetzt müssen wir aber gehen. Die Polizei darf nicht wissen, daß wir hier waren.»

Sie gingen und schlossen die Garagentür. Mary wiegte ihr Kind.

Weihnachten –
Die Geburt Jesu

Dorothee Sölle

In dieser nacht
verließen die sterne ihre angestammten plätze
und zündeten lärmfeuer an
überschallschnell

In dieser nacht
verließen die hirten ihre arbeitsstellen
und schrien sich in die verkrusteten ohren
die neuen parolen

In dieser nacht
verließen die füchse die wärmenden höhlen
und der löwe wiegte den kopf
«das ist das ende
die revolution»

In dieser nacht
liefen die rosen der erde davon
und fingen das blühen an
im schnee

Helmut Gollwitzer

Weihnachten

1945–1948

24. 12. 1945

Wenn die dünne Abendsuppe ausgelöffelt war, saßen sie noch eine Zeitlang auf der Pritsche, bevor sie unter die Decke krochen. Hätte einer von Euch unsichtbar durch die Baracke gehen können, so wäre ihm dieses Bild wohl als das trübste und charakteristischste für das Gefangenenleben erschienen: im düsteren Scheine der wenigen, schwachkerzigen Lampen die mageren Gesichter, die bewegungslos, oft mit geschlossenen Augen, vor sich hinstarrten, die in sich zusammengesunkenen Gestalten, an den Pritschenpfosten gelehnt, wortlos, jeder einzelne wie vereinsamt von der Traurigkeit der ganzen Welt. Aber wenn Ihr ins Innere hättet sehen können, so hättet Ihr zu Eurem Erstaunen erfahren, daß dies die seligsten Minuten in jenen elenden Jahren waren: Das Äußere versank, die häßlichen, rauchgeschwärzten Barackenwände, die verdreckten Mäntel, die an der Pritsche hingen, verschwanden, und wir waren im Geiste zu Hause. Wir gingen die Straße entlang, drückten die Klingel, die wir genau vor unserem Auge sahen, die altbekannte, braungestrichene Tür ging auf, und die liebsten Menschen, die wir auf Erden hatten, fielen uns um den Hals; dann führten sie uns ins Zimmer, der Weihnachtsbaum stand da, genau wie damals …, und wir durften uns das Lied wählen, das wir nun miteinander singen wollten. Abend für Abend wiederholte sich das, und keiner wurde dessen müde, am wenigsten in jenen Weihnachtstagen des schlimmsten Jahres der Gefangenschaft.

Es waren Arbeitstage wie alle anderen auch. Dadurch,

daß an der kargen Verpflegung vorher noch einiges abgespart worden war, gab es ein für unsere Begriffe festliches Essen; die Baracke hatten wir, wo es nur ging, mit Tannenzweigen geschmückt, und sogar einige Kerzen waren aufgetrieben worden für den kleinen Weihnachtsbaum, an dem auch ein paar Sterne hingen, die mit Silberpapier – es war völlig rätselhaft, woher es auf einmal in dieser Wüste auftauchen konnte! – beklebt waren. Das alles war nicht ohne Widerspruch geschehen. Die russische Lagerleitung hatte es zwar genehmigt, aber unter den Kameraden selbst regten sich heftige Stimmen dagegen, ja einer bat mich sogar auf die flehentlichste Weise, in diesen Tagen doch ja jede Erinnerung an Weihnachten zu unterlassen: «Nur nicht daran denken, nur nicht daran denken, das ist die einzige Art, wie ich es überstehen kann; wenn ihr eine Feier macht, halte ich's nicht mehr aus und hänge mich auf ...»

Er hing sich nicht auf; sicher nicht nur, weil er im entscheidenden Augenblick zu feige dazu war, sondern weil er das weihnachtliche Licht, das in der Finsternis leuchtet, zu Gesicht bekommen hatte. Nicht «nicht daran denken», sondern mit aller Kraft daran denken – das hatte uns der Heilige Abend gelehrt. Woran aber? Jenes Versinken in den Traum wäre allein keine Rettung gewesen. Zu schmerzlich schnitt die Sehnsucht gerade in diesen Tagen ins Herz. Aber als wir das Weihnachtsevangelium hörten und uns auslegten, da ging es wie ein Wunder auf:

«Gott hat derer nicht vergessen,
die im Finstern sind gesessen.»

Auf Erden war keine Macht, die uns helfen konnte oder auch nur wollte. Von Urwäldern umgeben, waren wir verschollen und preisgegeben. Daß es jemals wieder anders werden würde, wagten wir kaum zu hoffen und konnten von der Hoffnung doch nicht lassen. War es, daß Einer an uns dachte und von uns wußte, Einer, der mehr Macht hatte als Stalin und die MWD?

«Siehe, ich verkündige euch große Freude!» Auf kleine, glattgehobelte Holzbrettchen – Papier war hier eine Seltenheit – hatten wir uns Weihnachtsgrüße geschrieben; am Kopfende meiner Pritsche stand eines, auf das ein Kamerad mir Joh 14,18 gemalt hatte, da er es oft von mir in meinen Predigten gehört hatte: «Ich lebe, und ihr sollt auch leben.» Beraubt waren wir all dessen, was das Leben lebenswert macht, und nun stand hier geschrieben, daß uns das Leben nicht endgültig versagt sein sollte. Ob uns Heimkehr bevorstand oder das Grab in der hartgefrorenen russischen Erde, in das wir in diesem Winter noch so manchen von uns hineinlegen sollten – ins *Leben* hinein ging dieser harte Weg, das stand nun fest, weil Weihnachten galt; das konnte uns nicht mehr genommen werden, das ließ uns tief aufatmen.

Manchmal hatten wir früher etwas verächtlich über die üblichen Weihnachtslieder gesprochen, über ihre Süßlichkeit und Gefühlhaftigkeit. Es war nicht zu leugnen, daß die alten reformatorischen Lieder die Botschaft der Christnacht ungleich kräftiger verkündigten als jene vielgesungenen «Stille Nacht» und «O du fröhliche». Nun aber bat ich ihnen manche Verurteilung ab und war froh, daß wenigstens sie noch unserem Volk als Gemeingut erhalten geblieben sind. Nicht nur, weil sie jetzt, als wir sie sangen, mit einem Schlage die Häßlichkeit der Baracke verwandelten und uns in die ferne Heimat verzauberten und auch die, die sich bitter dagegen gesträubt hatten, in die Stimmung des Weihnachtszimmers hereinnahmen. Wer hätte diese «Stimmung» noch verachten können, da sie so wohltätig war wie eine weiche Mutterhand für diese Männer, deren Herz hart geworden war, weil sie nichts als Härte erfuhren? Aber jene Lieder brachten doch nicht nur «Stimmung», sondern sie enthielten auch die große Verkündigung: «Christ, der Retter, ist da!» – «Welt ging verloren, Christ ist geboren» –

«... da uns schlägt die rettende Stund, Christ, in deiner Geburt», – uns, auch uns hier in dieser Baracke, die am nächsten Morgen, als die Verzauberung der «Stimmung» gewichen war, noch genau so häßlich da stand und aus der wir in den kalten Wintermorgen hinaustraten, um zur Sklavenarbeit zu ziehen, während sie zu Hause in den Weihnachtsgottesdienst gingen.

23. 12. 1946

«Er ist auf Erden kommen arm, daß er unser sich erbarm.» Das ging mir mit der Beharrlichkeit einer Melodie durch den Kopf, die ganzen Stunden, in denen wir in einem finsteren Keller eingesperrt saßen, ein ungewisses, vielleicht schreckliches Schicksal vor uns. Unser altes Lager war soeben aufgelöst worden, und zu zwölft waren wir, von den anderen abgetrennt, in ein neues Lager transportiert worden. Warum hatte man gerade uns zwölf besonders genommen? Es waren zumeist Leute, die bei den Russen wegen der Einheit, zu der sie bei der deutschen Wehrmacht gehört hatten, oder wegen anderer Gründe in Mißgunst standen, und man hatte uns bei der Ankunft in diesem Lager sofort angekündigt, wir kämen in den Bunker und würden nach wenigen Wochen so aussehen, daß wir uns «an einem Grashalm festhalten» müßten. Dies war nun unser Weihnachten. Im vergangenen Jahr waren wir voll Grimm am Christtag zur Arbeit ausgezogen, und viel war geflucht worden auf die Russen, die auf unseren höchsten Feiertag keine Rücksicht nahmen. Jetzt sagte in der Finsternis mein Freund Herbert neben mir: «Wenn wir morgen wie alle anderen zur Arbeit mit ausrücken dürften, wäre das unser schönstes Weihnachtsgeschenk!» So relativ ist alles im Leben, so arm kann man werden auf Erden! Was aber ist ein Weihnachtsgeschenk? Doch ein Erinnerungszeichen an den schenkenden, lebendigen Gott, der uns aus dem Kerker des Todes errettet. Als wir in der Nacht ganz überraschend und ohne weitere

Erklärung aus unserem Keller heraufgeholt wurden, waren wir uns selbst zum Gleichnis der Weihnacht geworden: «Ich lag in schweren Banden, du kommst und machst mich los.» Wir bekamen das ersehnte Weihnachtsgeschenk. Man hatte anders über uns entschieden, und wir «durften» am Heiligen Abend mit zur Arbeit ausrücken, mit Pickhacken und Eisenkeilen eine Zementmauer abtragen. Während der Arbeitspause saß ich mit den Kameraden um das Feuer und legte ihnen an dem, was wir soeben erlebt hatten, die ersten vier Verse von «Vom Himmel hoch» aus.

24. 12. 1947

Kein Tag im Jahr ist für den Gefangenen schwerer als der Weihnachtstag. Mich aber bewegen die Sätze aus dem letzten Brief meiner Mutter, die ich, wo ich nur kann, an die Kameraden weitergebe: «An Weihnachten muß uns das Schwerste in unserem Leben nicht schwerer, sondern leichter werden; denn wir kennen nun den, von dem alles kommt und zu dem alles führt und der bei uns ist alle Tage. Ohne Weihnachten wäre alles unerträglich schwer; aber wer von Christus hört, dem wird an Weihnachten das Herz nicht schwerer, sondern leichter.» – Wir haben in Ermangelung von Gesangbüchern, wie wir es für jeden Gottesdienst tun, die Lieder vielmals abgeschrieben, und keines klang diesmal so triumphierend wie das von Paul Gerhardt: «Kommt und laßt uns Christum ehren»: «... wir, die unser Heil annehmen, werfen allen Kummer hin.»

25. 12. 1948

Als ich am Heiligen Abend zu der Baracke ging, in der die Feier, die wir mit den katholischen Brüdern zusammen hielten, stattfinden sollte, lehnte ein junger Schwabe an einer Mauer, und ich hörte ihn im Vorbeigehen zu dem, der neben ihm stand, in einem Ausbruch des Stöhnens sagen: «Es ist ja alles so sinnlos, so sinnlos!» Das war es, genau das: Nicht nur unser Schicksal hier, alles, alles in der Welt war sinnlos, und alles in der Welt, auch unser Schicksal hier, wurde sinnvoll, voll von unverlierbarem Sinn durch Weihnachten, durch die «rettende Stunde», in der ewiges Leben sich mit unserer Armut verband.

Warum ging ich vorbei und ließ ihn dort in seiner Verzweiflung an der Wand lehnen, statt ihn mit zu unserer Feier zu nehmen, zu der zu gehen er selbst offenbar nicht den Entschluß fassen konnte? Er versprach sich wohl auch von dieser Botschaft nichts mehr, und gerade ihn hätte sie vielleicht erreicht; denn gerade ihm galt sie doch. Oft habe ich zugegriffen und das Wort sagen können, diesmal aber ging ich, selber matt und unkräftig, vorüber wie der Priester und der Levit auf der Straße nach Jericho – und wenn ich heute daran denke, weiß ich, daß hier unsere schlimmste und häufigste Schuld liegt: im Genießen des Evangeliums, statt es weiterzugeben, im Vorübergehen, wo ein Verzweifelter sich vom Evangelium nichts mehr erwartet, weil er es noch nicht kennt.

Peter Huchel

Dezember 1942

Wie Wintergewitter ein rollender Hall.
Zerschossen die Lehmwand von Bethlehems Stall.

Es liegt Maria erschlagen vorm Tor,
Ihr blutig Haar an die Steine fror.

Drei Landser ziehen vermummt vorbei.
Nicht brennt ihr Ohr von des Kindes Schrei.

Im Beutel den letzten Sonnblumenkern,
Sie suchen den Weg und sehn keinen Stern.

Aurum, thus myrrham offerunt ...
Um kahles Gehöft streicht Krähe und Hund.

... quia natus est nobis Dominus.
Auf kahlem Gerippe glänzt Öl und Ruß.

Vor Stalingrad verweht die Chaussee.
Sie führt in die Totenkammer aus Schnee.

Günter Kunert

Ein Gegenbild

«... und sie gebar ihren ersten Sohn, wickelte ihn in Windeln und legte ihn in eine Krippe im Stall.» Doch noch ehe die Hirten erschienen, aber regte das Kind sich nicht mehr.

Und die Verkündigung?

Aus der Verzweiflung über den Tod des Neugeborenen entstand bald Zweifel, ob da überhaupt so etwas wie eine Zusage, etwas wie eine göttliche Absicht vorgelegen und nicht alles Einbildung gewesen sei. Wer war man schon, um die Voraussetzung für die undurchschaubaren Pläne übermenschlicher Mächte zu bieten.

Und während der Zimmermann und seine Frau den kleinen Leichnam hinter dem Stall begruben, trösteten sie sich damit, daß ihnen wer weiß was erspart geblieben sei. In den schlimmen Zeiten nach dem gescheiterten Aufstand, nach dem verlorenen Krieg gegen die Besatzungsmacht war die Zukunft ohnehin unsicher und düster genug. Wer jetzt zu einem großen Schicksal ausersehen schien, war von vornherein zum Tode verurteilt. Vielleicht hatten die Römer recht, wenn sie sagten: «Pulvis et umbra sumus.» Staub und Schatten sind wir.

So verließen sie Bethlehem und zogen nach Nazareth zurück, gemächlich und eher beruhigt, daß sich keines der Versprechen erfüllt hatte und sie, kleine Leute, nicht gezwungen waren, sich gegen den Lauf der Welt stellen zu müssen. Dann sollte lieber alles so weitergehen wie bisher, wie eh und je, und man selber existierte besser als kurzfristig belebter Staub und Schatten dahin.

Schließlich blieb einem das Heil, kein Heil mehr zu erwarten.

Peter Handke

Lebensbeschreibung

Was nützt es dem Menschen, wenn er an der Seele gewinnt, an der Welt aber Schaden leidet? Gott erblickte das Licht der Welt in der Nacht vom vierundzwanzigsten zum fünfundzwanzigsten Dezember.

Die Mutter Gottes wickelte Gott in Windeln. Auf einem Esel flüchtete er sodann nach Ägypten. Als seine Taten verjährt waren, kehrte er in sein Geburtsland zurück, weil er fand, daß dort der Ort sei, an welchem ein jeder am besten gedeihen könnte. Er wuchs auf im stillen und nahm zu an Alter und Wohlgefallen. Es litt ihn in der Welt. Er wurde die Freude seiner Eltern, die alles daransetzten, aus ihm einen ordentlichen Menschen zu machen.

So erlernte er nach einer kurzen Schulzeit das Zimmermannshandwerk. Dann, als seine Zeit gekommen war, legte er, sehr zum Verdruß seines Vaters, die Hände in den Schoß. Er trat aus der Verborgenheit. Es hielt ihn nichts mehr in Nazareth. Er brach auf und verkündete, daß das Reich Gottes nahe sei.

Er wirkte auch Wunder.

Er sorgte für Unterhaltung bei Hochzeiten. Er trieb Teufel aus. Einen Schweinezüchter brachte er auf solche Art um sein Eigentum. In Jerusalem verhinderte er eines Tages im Tempel den geregelten Geldverkehr. Ohne das Versammlungsverbot zu beachten, sprach er oft unter freiem Himmel. Aus der Langeweile der Massen gewann er einigen Zulauf. Indes predigte er meist tauben Ohren.

Wie später der Ankläger sagte, versuchte er das Volk gegen die Obrigkeit aufzuwiegeln, indem er ihm vorspiegelte, er sei der ersehnte Erlöser. Andererseits war Gott kein Unmensch. Er tat keiner Fliege etwas zuleide. Niemandem vermochte er auch nur ein Haar zu krümmen.

Er war nicht menschenscheu. Unbeschadet seines ein wenig großsprecherischen Wesens war er im Grunde harmlos.

Immerhin hielten einige Gott für besser als gar nichts. Die meisten jedoch erachteten ihn für so gut wie nichts.

Deshalb wurde ihm ein kurzer Prozeß gemacht. Er hatte zu seiner Verteidigung wenig vorzubringen. Wenn er sprach, sprach er nicht zur Sache. Im übrigen blieb er bei seiner Aussage, daß er der sei, der er sei. Meist aber schwieg er.

Am Karfreitag des Jahres dreißig oder neununddreißig nach der Zeitwende wurde er, in einem nicht ganz einwandfreien Verfahren, ans Kreuz gehenkt.

Er sagte noch sieben Worte.

Um drei Uhr am Nachmittag, bei sonnigem Wetter, gab er den Geist auf.

Zur gleichen Zeit wurde in Jerusalem ein Erdbeben von mittlerer Stärke verzeichnet. Es ereigneten sich geringe Sachschäden.

Bertolt Brecht

Maria

Die Nacht ihrer ersten Geburt war
Kalt gewesen. In späteren Jahren aber
Vergaß sie gänzlich
Den Frost in den Kummerbalken und rauchenden Ofen
Und das Würgen der Nachgeburt gegen Morgen zu.
Aber vor allem vergaß sie die bittere Scham
Nicht allein zu sein
Die dem Armen eigen ist.
Hauptsächlich deshalb
Ward es in späteren Jahren zum Fest, bei dem
Alles dabei war.
Das rohe Geschwätz der Hirten verstummte.
Später wurden aus ihnen Könige in der Geschichte.
Der Wind, der sehr kalt war
Wurde zum Engelsgesang.
Ja, von dem Loch im Dach, das den Frost einließ, blieb nur
Der Stern, der hineinsah.
Alles dies
Kam vom Gesicht ihres Sohnes, der leicht war
Gesang liebte
Arme zu sich lud
Und die Gewohnheit hatte, unter Königen zu leben
Und einen Stern über sich zu sehen zur Nachtzeit.

Friedrich Dürrenmatt

Weihnacht

Es war Weihnacht. Ich ging über die weite Ebene. Der Schnee war wie Glas. Es war kalt. Die Luft war tot. Keine Bewegung, kein Ton. Der Horizont war rund. Der Himmel schwarz. Die Sterne gestorben. Der Mond gestern zu Grabe getragen. Die Sonne nicht aufgegangen. Ich schrie. Ich hörte mich nicht. Ich schrie wieder. Ich sah einen Körper auf dem Schnee liegen. Es war das Christkind. Die Glieder weiß und starr. Der Heiligenschein eine gelbe gefrorene Scheibe. Ich nahm das Kind in die Hände. Ich bewegte seine Arme auf und ab. Ich öffnete seine Lider. Es hatte keine Augen. Ich hatte Hunger. Ich aß den Heiligenschein. Er schmeckte wie altes Brot. Ich biß ihm den Kopf ab. Alter Marzipan. Ich ging weiter.

Karl Rahner

Gott ist gekommen

Er ist da. Und darum ist alles anders, als wir meinen. Die Zeit ist aus dem ewigen Weiterfließen verwandelt in ein Geschehen, das mit lautloser, eindeutiger Zielstrebigkeit auf ein ganz bestimmtes Ende hinführt, darin wir und die Welt vor dem entschleierten Antlitz Gottes stehen werden. Wenn wir sagen: Es ist Weihnacht, dann sagen wir: Gott hat sein letztes, sein tiefstes, sein schönstes Wort im fleischgewordenen Wort in die Welt hineingesagt, ein Wort, das nicht mehr rückgängig gemacht werden kann, weil es Gottes endgültige Tat, weil es Gott selbst in der Welt ist. Und dieses Wort heißt: Ich liebe dich, du Welt und du Mensch.

Bertolt Brecht

Die gute Nacht

Der Tag, vor dem der große Christ
Zur Welt geboren worden ist
War hart und wüst und ohne Vernunft.
Seine Eltern, ohne Unterkunft
Fürchteten sich vor seiner Geburt
Die gegen Abend erwartet wurd.
Denn seine Geburt fiel in die kalte Zeit.
Aber sie verlief zur Zufriedenheit.
Der Stall, den sie doch noch gefunden hatten
War warm und mit Moos zwischen seinen Latten
Und mit Kreide war auf die Tür gemalt
Daß der Stall bewohnt war und bezahlt.
So wurde es doch noch eine gute Nacht
Auch das Heu war wärmer, als sie gedacht.
Ochs und Esel waren dabei
Damit alles in der Ordnung sei.
Eine Krippe gab einen kleinen Tisch
Und der Hausknecht brachte ihnen heimlich einen Fisch.
(Denn es mußte bei der Geburt des großen Christ
Alles heimlich gehen und mit List.)
Doch der Fisch war ausgezeichnet und reichte durchaus
Und Maria lachte ihren Mann wegen seiner Besorgnis aus
Denn am Abend legte sich sogar der Wind
Und war nicht mehr so kalt, wie die Winde sonst sind.
Aber bei Nacht war er fast wie ein Föhn.
Und der Stall war warm und das Kind war sehr schön.
Und es fehlte schon fast gar nichts mehr.
Da kamen auch noch die Dreikönig daher!
Maria und Joseph waren zufrieden sehr.
Sie legten sich sehr zufrieden zum Ruhn
Mehr konnte die Welt für den Christ nicht tun.

Henning Luther

Das Fest des Kindes

Matthäus 2,1-12 (16-18)

Liebe Gemeinde, ich wünsche Ihnen ein frohes Fest: «Frohe Weihnacht!» – Das haben Sie hinter sich? Die Feiertage sind vorbei? Nun, heute feiern wir Epiphanias. Was ist das für ein Fest? Warum schon wieder – oder noch immer feiern? Feiern Sie nicht gern?

Ich möchte Sie einladen, heute ein altes, fast vergessenes – und wie ich meine: zu Unrecht vergessenes – Fest der Christen neu zu entdecken.

Die Geschichte dieses Festes ist so vielfältig, so reichhaltig, daß wir heute nur erste Schritte auf dieser Entdeckungsreise an die Schauplätze dieses Festes unternehmen können. Vielleicht aber bekommen Sie Lust, selber weiterzusuchen, zu wandern an und zu diesem Fest der Epiphanias.

Heute steht dieses Fest – vor allem unter uns Protestanten – am Rande und bildet lediglich den Abschluß der Weihnachtszeit. In der alten Kirche stand dieser Tag im Zentrum. Die Christen des Ostens feiern, wie Sie wissen, noch heute diesen Tag als das eigentliche Weihnachtsfest. Wie bedeutend für die frühen Christen dieser Tag gewesen ist, wird allein schon daran deutlich, was alles an diesem Festtag bedacht und gefeiert wurde: Da war zum ersten natürlich die Menschwerdung des Gottes in der Geburt Jesu; dann wurde der Anbetung der Weisen aus dem Morgenlande besonders gedacht; ferner sollte an die Taufe Jesu erinnert werden und auch an die Geschichte vom Weinwunder bei der Hochzeit zu Kana. Im Laufe der Jahrhunderte hat sich vor allem eine Geschichte mit diesem Tag verbunden: die Legende von den Weisen aus dem Morgenlande, aus denen dann schon bald die Heiligen Drei Könige wurden.

Mit ihr sind wir bei dem ersten Hinweis auf unserer Entdeckungsreise.

Ich brauche diese Geschichte nicht noch einmal zu verlesen; wir haben sie in der Evangelienlesung gehört und nochmals, zusammengefaßt, in der musikalischen Interpretation des Peter Cornelius. Zudem – wem wären die Szenen dieser Geschichte nicht aus früher Kindheit geläufig? Ich will mich also darauf beschränken, ein paar Akzente in dieser Geschichte besonders herauszustreichen.

Da sind auf der einen Seite der Vertreter von Macht und politischer Herrschaft: Herodes; sodann die theologischen Wissenschaftler und religiösen Führer und schließlich jene weisen Magier aus dem Morgenlande. Und auf der anderen Seite: das neugeborene Kind – oder Kindlein, wie Luther sagt.

Es ist ein Text mit innerer Dramatik und Spannung. Die ganze Aufregung jener Mächtigen, die tagelange Wanderung der Magier, das Ränkespiel des Herodes, die theologischen Untersuchungen und Forschungen der Schriftgelehrten, dies alles ist konzentriert – auf ein *Kind.* Welch Gegensatz!

Es kommt noch krasser: Dies Kind ist Gott. – Gott ist ein Kind. Gott ist kindlich geworden. Das Größte erscheint im Kleinen. Nicht Macht und Herrlichkeit sind göttlich, sondern kindliche Ohnmacht und Schwäche. Epiphanias: Gott erscheint nicht länger als Gott. Gott ist ein Mensch, ein Kind. «Oh, hohe Würdigung. Gott springt von seinem Thron / und setzte mich darauf in seinem lieben Sohn.» So versteht Angelus Silesius zu Recht den umstürzenden Hintersinn dieser Szene.

In Unruhe und Bewegung werden sie alle versetzt, Herodes, die Magier und die Theologen und Priester. Aber wie reagieren sie?

Die Weisen aus dem Morgenlande scheinen den Wechsel zu begreifen. Sie sind zur Anbetung des Kindes bereit. Sie erkennen Gott im Kinde an. Auf der anderen Seite Herodes. Statt der Anbetung des Kindes: der hundertfache Kindermord zu Bethlehem. Die alte Logik der Weltgeschichte: die Herrschenden, die Mächtigen setzen ihren Gang blutig über die Schwachen, Kinder und Ohnmächtigen hin fort. Wo die einen dem Kinde Geschenke machen, Weihrauch, Gold und Myrrhe, da höhnt der andere der kindlichen Schwachheit mit Waffengewalt.

Und dazwischen die Priester und Theologen. Scheinbar neutral ist ihre Gelehrsamkeit; und doch läßt sich ihre Forschung über den Geburtsort des Christus von Herodes für seine mörderischen Pläne verwerten. Die Wissenschaft der Schriftgelehrten hat dem Kindermord von Bethlehem vorgearbeitet, ohne es doch zu wollen – aber auch ohne diese mögliche Gefahr zu bedenken.

Die Geschichte von den Weisen aus dem Morgenlande, dramatisch verknüpft mit der Story um Herodes, unser Predigttext für heute: ein Text, der eigentlich weniger zum Predigen auffordert, der vielmehr zum Spielen einlädt. Damit haben wir einen weiteren Hinweis in unserer Entdeckungsreise zum Epiphaniasfest.

In der Tat: die Szenen mit den drei Königen und um Herodes haben – neben den unzählbaren bildnerischen Darstellungen – eine Fülle von Spielen und Bräuchen zum Dreikönigsfest hervorgebracht. Es gehört geradezu zu der Besonderheit dieses Festtages, daß Umzüge, Spiele, theatralische Szenen und andere dramaturgische Bräuche im Mittelpunkt standen. Nicht die Kanzel, die Straße war der Ort der Verkündigung der frohen Botschaft.

Die heute verbliebenen Reste dieser Bräuche, wie etwa die Umzüge der Sternsinger, sind ein schwacher Ausklang an ein buntes Treiben früherer Zeiten. Diese Dreikönigsspiele und Herodesspiele verbanden die Liturgie mit komödiantischer und dramaturgischer Spielfreude. Sie waren Spiele der Laien und des Volkes. Am Dreikönigsfest wurden die Christen nicht angepredigt – da predigte das Volk in seinen Spielen selber. Und vor allem: Diese Spiele waren besonders die Spiele der Kinder, der Jugend – und später: der sozialen Unterschichten.

Werfen Sie mit mir einen kurzen Blick auf die Straßen einer mittelalterlichen Stadt zum Dreikönigsfest. Es sind die Schüler der Klosterschule, die hier heute das Sagen haben. Aus ihrer Mitte wurden Könige gewählt, denen heute alle, auch und gerade die Erwachsenen, gehorchen müssen. Die soziale Ordnung ist für einen Tag auf den Kopf gestellt. Kinder führen das Regiment, und die Alten klatschen Beifall. Für einen Tag ging's einmal andersrum: Die Jungen befahlen, die Alten gehorchten; die Armen verlangten, die Reichen gaben. In dieser Tradition entwickelten sich dann die Heischebräuche zum Dreikönigsfest.

Da ging's freilich oft ziemlich derb zu; die Wünsche der Kleinen, sie wurden nicht gerade bescheiden vorgetragen. Das waren keine artigen Krippen- und Weihnachtsspiele.

«Ich bin ein kleiner König,
Gebt mir nicht zu wenig,
Laßt mich nicht so lange stehn,
Will e Häusel weitergehn.»

So heißt es in einem sächsischen Dreikönigslied.

Nun, diese Spiele haben nicht allen gefallen. Im 13. Jahrhundert empört sich der Klerus über das komödiantische Gebaren bei den Spielen. Synoden wollen sie durch Verbote unterbinden. Zur Zeit Goethes verbietet die Polizei die

Dreikönigsspiele und das Sternsingerlaufen. Landstreicher, Arme, Arbeitslose hatten das Spiel als Bettelbrauch benutzt – oder mißbraucht, wie man's sieht. Goethe protestierte übrigens gegen dieses Verbot mit seinem vergnüglichen Gedicht zu «Epiphanias», das sich so anläßt:

«Die heil'gen drei König' mit ihrem Stern,
Sie essen, sie trinken, und bezahlen nicht gern;
Sie essen gern, sie trinken gern,
Sie essen, trinken, und bezahlen nicht gern.»

Ja, es scheint, daß in späterer Zeit die Spiele zum Dreikönigsfest geradezu zu einem Privileg der armen Schichten des Volkes geworden waren. Ein Bericht aus dem Berlin des Jahres 1784 etwa lautet so:

«In der Hauptstadt sind nur noch für den Pöbel die Verkleidungen geblieben; und ich wünschte nicht, daß man sie ihm nähme. Warum soll er nicht bei den Vorstellungen von Herodes, den der Teufel mitten in seinem Staatsrathe zum bethlehemitischen Kindermorde beredet, ... oder von den drei Königen aus Morgenlande, ... warum soll er bei diesen Vorstellungen nicht, nach Belieben, Lachen oder Schrecken oder Glauben empfinden dürfen, indeß wir vor unserer regelmäßigen Bühne tödtliche Langeweile empfinden!»

Brechen wir unsere Entdeckungsfahrt vorerst ab. Was könnten wir mitnehmen – für unser Epiphaniasfest heute? Vielleicht zwei Dinge: Zum einen: Spiele, Feiern, Theater, Umzüge – dies alles, das Komödiantische gehört zumindest ebenso zur Verkündigung der weihnachtlichen Botschaft – wie die Predigt.

Finden wir Spiele! Aber was – wie – soll gespielt werden? Etwa jene ausgelassenen Dreikönigsbräuche der Kinder, von denen wir ein paar Andeutungen bekommen haben?

Werden die denn dem Eigentlichen der weihnachtlichen Botschaft gerecht? Lassen wir uns nicht ablenken von den Ausuferungen und Überspitzungen dieses Treibens – denn sind die beklagten Dreistigkeiten nicht ein beredtes Zeugnis für das, was Kindern und sozial Schwachen *jenseits* dieser Tage vorenthalten wurde, gleichsam Ventile für ansonsten vorenthaltene Freiheiten und Freuden. In ihrem Kern aber treffen diese Dreikönigsspiele durchaus den Nerv der Weihnachtsgeschichte: *Gott ist ein Kind.*

> «Er wird ein Knecht und ich ein Herr,
> das mag ein Wechsel sein.
> Wie könnt es doch sein freundlicher –
> das herze Jesulein.»

So besingen wir die Weihnacht im Kirchenlied.

Könige beten ein Kind an – plastischer, schöner kann der Gegensatz zu *unserer* Lebensordnung, zu unseren Einteilungen in Oben und Unten, Groß und Klein, kaum ins Bild gesetzt werden. Allerdings ist dieses Bild zu schnell zu einem kitschigen Idyll geworden, das anrührt, aber nicht aufregt und beunruhigt. Die Drastik der Dreikönigsspiele und ihre oft verblümten Heischewünsche haben da schon eher anzudeuten vermocht, welche Konsequenzen in der Botschaft von Weihnachten enthalten sind. Ob sie darum verboten werden sollten?

Gott ist ein Kind. Ein Kind ist Gott. Es geht *nicht* um die einfache Umkehrung. Die da unten kopieren die Herrschaft von oben, die Kinder ahmen die Welt der Erwachsenen nach. Es geht um mehr, um anderes.

Vielmehr hat das Prinzip des Herrschen-wollens überhaupt ein Ende. Schwach-sein können – wird zur Stärke. Nicht immer schon wissen – sondern fragen können. Nicht leisten und besitzen müssen – sondern sich beschenken lassen können, annehmen können. Nicht sich behaupten müssen – sondern sich hingeben können. Nicht fertig sein, nicht erwachsen sein müssen, sondern werden können, wachsen können. Epiphanias: Die Erscheinung des Menschen am 6. Tag der neuen Schöpfung trägt die Züge des Kindes. Die Menschlichkeit des Menschen erscheint im Kind.

Diese alte Botschaft endlich zu begreifen – das könnte ein nicht unwichtiger Beitrag für das gerade begonnene Jahr des Kindes sein. Erkennen wir uns als Kinder, als unfertige, als Nicht-Erwachsene an – damit wir auch die Kinder als unseresgleichen anerkennen können.

Gott wurde ein Kind – geben wir dem Kind seine Würde. Herodes konnte das nicht – aus Angst um seine Stellung. Er tötete die Kinder! Wie oft aber töten wir das Kind in uns – aus Angst um unsere Stellung? Spielen wir nicht länger des Herodes Rolle, sondern die der Könige! Ehren wir das Kind. Vielleicht so, daß wir auch einmal in unserem Tagebuch wie Peter Handke eine Notiz wie die folgende eintragen können: «Zufriedenheit: an einer Bushaltestelle in der warmen Sonne mit einem Kind wartend auf einer Stufe gesessen.»

Gebet

Herr, kindgewordner Gott,
Du trägst des Menschen Gesicht,
Gib auch uns menschliche Züge.
Hilf uns, das Kind zu ehren.

Herr,
hilf Bethlehems Kindermorde zu beenden.
Laß nicht länger zu,
daß Kinder sterben vor Hunger,

daß Kinder zu Tode geprügelt werden,
daß Kinder sich töten aus Angst vor unserer Welt.

Herr,
hilf unserer Kindlichkeit.
Laß uns werden wie Kinder
und Dein Reich annehmen.

Amen.

Dorothee Sölle

Meditation über lukas 1

Es steht geschrieben daß maria sagte
meine seele erhebt den herren
und mein geist freut sich gottes meines heilands
denn er hat die niedrigkeit seiner magd angesehen
siehe von nun an werden mich seligpreisen alle kindes-
kinder

Heute sagen wir das so
meine seele sieht das land der freiheit
und mein geist wird aus der verängstigung herauskommen
die leeren Gesichter der frauen werden mit leben erfüllt
und wir werden menschen werden
von generationen vor uns den geopferten erwartet

Es steht geschrieben daß maria sagte
denn er hat große dinge an mir getan der da mächtig ist
und dessen namen heilig ist
und seine barmherzigkeit währt von geschlecht zu
geschlecht

Heute sagen wir das so
die große veränderung die an uns und durch uns geschieht
wird mit allen geschehen – oder sie bleibt aus
barmherzigkeit wird geübt werden wenn die abhängigen
das vertane leben aufgeben können
und lernen selber zu leben

Es steht geschrieben daß maria sagte
er übt macht mit seinem arm und zerstreut die hoch-
mütigen

er stößt die gewaltigen von ihren thronen
und die getretenen richtet er auf

Heute sagen wir das so
wir werden unsere besitzer enteignen und über die
die das weibliche wesen kennen werden wir zu lachen
kriegen
die herrschaft der männchen über die weibchen wird ein
ende nehmen
aus objekten werden subjekte werden
sie gewinnen ihr eigenes besseres recht

Es steht geschrieben daß maria sagte
hungrige hat er mit gütern gefüllt
und die reichen leer hinweggeschickt
er denkt der barmherzigkeit und hat sich
israels seines knechts angenommen

Heute sagen wir das so
frauen werden zum mond fahren und in den parlamenten
entscheiden
ihre wünsche nach selbstbestimmung werden in erfüllung
gehen
und die sucht nach herrschaft wird leer bleiben
ihre ängste werden gegenstandslos werden
und die ausbeutung ein ende haben

Fulbert Steffensky

Zweifel – und Zweifel am Zweifel

«In jenen Tagen befahl Kaiser Augustus allen Einwohnern des Reichs, sich in Steuerlisten eintragen zu lassen. Es war die erste Volkszählung; sie wurde durchgeführt, als Quirinius Statthalter in Syrien war.»

Zeitangaben sind für die kleinen Leute nicht nur historische Einordnungen. Sie sagen nicht: Es war im Jahre 1929 oder 1842. Sie sagen: Es war damals, als ich arbeitslos war. Es war in dem Winter, als unser Kind starb. Es war in dem Sommer, als unsere Ernte kaputtging. Ihre Geschichte ist die Erinnerung ihrer Tränen. «Als Quirinius Statthalter in Syrien war ...» Das heißt: als die Leute berechenbar und erfaßbar wurden; als Listen von ihnen angelegt wurden, damit man sie besser aussaugen könnte. So ist der Ausgangspunkt der Weihnachtsgeschichte die Gewalt, die Entrechtung und die Demütigung, die den kleinen Leuten angetan wurde. Die Zeit, die hier zitiert wird, ist die Zeit der armen Leute: die Zeit einer beschwerlichen Reise; die Zeit einer schwangeren Frau, die nicht weiß, wo sie gebären soll und wieviel Überlebenschancen ihr Kind hat; die Zeit der Hirten, die schlechter dran waren als die erbärmlichsten Tagelöhner.

«Da stand auf einmal ein Engel des Herrn neben ihnen, und die Hirten ängstigten sich sehr.» Das ist die Reaktion der armen Leute auf einen Boten: Sie erschrecken und fürchten sich. Sie sind es gewohnt, daß Botschaften Unglücksbotschaften sind. Nur im Märchen und im Traum kommen die guten Nachrichten. Und als sie merken, daß der Engel dieses Mal kein Unglücksbote ist, was werden sie erwartet haben? Wohl kaum die Vergebung ihrer Sünden. Kaum auch die Befreiung von den Römern und die Errichtung eines unabhängigen jüdischen Staates. Sie waren Proletarier. Und gute Proletarier sind meistens schlechte Patrioten. Sie werden eher an ihren Hunger gedacht haben als an den jüdischen Staat; an das Sterben ihrer Kinder; an die schlecht bezahlte Arbeit; an die Gewalt, die sie erleiden.

Die Nachricht, die die Hirten bekommen, klingt gut: Eine große Freude soll bald das ganze Volk ergreifen. Der Retter ist in der Stadt Davids geboren, der Herr, der Messias. Das können sie sich vorstellen. Denn sie spüren ihr Elend und wissen, wie notwendig Trost, Heilung und Rettung sind. Die Nachricht kommt zur rechten Zeit, und das Elend hatte schon zu lange seine Zeit.

Schlüpfen wir für einen Augenblick aus dieser Geschichte und betrachten wir ihr Ergebnis mit unseren Augen! Was wurde denn für die Hirten anders mit dieser Nachricht und mit der Geburt des Retters? Was ist neu? Und wenn danach nichts anders wurde und nichts Neues kam, inwiefern war die Nachricht des Engels eine gute Nachricht? Wurde der Hunger weniger, die Versklavung aufgehoben? Sind die Kinder nicht mehr an Unterernährung gestorben? Oder ist es etwa so gewesen, daß der Retter die Welt nicht gerettet, sondern sie nur als gerettet erklärt hat? Eine verbalistische Lösung des Hungers der Hirten?

Deklaration statt Brot?

Mein Zweifel an der Nachricht an die Hirten hat gute Nahrung. Die Tränen sind nicht abgewischt, und der Tod dringt weiter durch alle Ritzen. Ich habe Zweifel daran, daß irgend etwas anders und schlechter gewesen wäre, wenn die Nachricht ausgeblieben wäre und die Versprechungen nicht gemacht worden wären. Und töten Versprechungen, die nicht eingelöst werden, nicht schlimmer als Versprechungen, die nie gemacht werden? Tötet die Bedeutungslosigkeit und die Folgenlosigkeit der guten Botschaft von der bald ausbrechenden Freude die Hoffnung nicht erst recht?

Der Bedeutungslosigkeit der Nachricht scheint die Bedeutungslosigkeit des Zeichens zu entsprechen, das den

Hirten gegeben wird: «Ihr werdet ein Kind finden, das in Windeln gewickelt in einer Krippe liegt.» Einmal hat Gott das Volk durch das Meer geführt, er hat es in der Wüste am Leben erhalten. Das waren Zeichen, und das war Errettung! Aber das neue Zeichen? Die Ohnmacht eines bedrohten Kindes ohne Platz zum Leben: in einer Krippe! Die Hirten verstehen diese Wirklichkeit schon. Es ist ja ihre eigene, und mehr Aussichten als dieses haben ihre Kinder auch nicht. Aber ist das ein Zeichen für die Rettung und die große ausbrechende Freude?

Die folgenlose Nachricht und das bedeutungslose Zeichen! Ist es nicht an der Zeit, aufzuhören damit, das Versprechen der Engel weiterzuerzählen? Sollen wir nicht anfangen, die Welt und das Leben zu nehmen, wie sie sind, statt sie zu interpretieren, wie wir sie brauchen und wünschen? Müssen wir lernen, das Verlorene verloren zu nennen, die Toten tot, die Lahmen lahm und die Blinden blind?

Und dennoch: Kann man in einer Welt leben, in der keine Versprechungen mehr gemacht werden? Kann man in einer Welt leben, in der nicht nur die Würde des Menschen geschändet wird, sondern auch die Sprache für die Würde des Menschen aufgegeben ist? Dort, wo geschwiegen wird, ist der Verzweiflung und dem Tod eine neue Schneise geschlagen. Ich weiß nicht, ob ich Christ bin. Aber ich weiß, daß ich nicht auskomme ohne den von der Realität tausendfach widerlegten Satz: «Auf der Erde: Gottes Frieden! Frieden allen, die er liebt!» Ich habe Angst vor einem ungespaltenen Bewußtsein. Vor einem Bewußtsein, das ungespalten unter Vernachlässigung der Realität die gekommene Rettung behauptet; und vor einem Bewußtsein, das ungespalten unter der Vernachlässigung der Versprechen die Nacktheit der Realität behauptet. Wenn man weiter leben will, so scheint mir, ist die Frage des Glaubens an die Versprechungen gar nicht mehr eine Frage des Willens und unseres Entschlusses – sowenig für einen Verdurstenden die Frage des Trinkens eine Frage seines Willens ist. Es ist eine Frage des Überlebens. «Auf der Erde: Gottes Frieden! Frieden allen, die er liebt!» Ich brauche den in diesem Satz ausgesprochenen Hohn auf die kriegerische und tödliche Realität. Auch wenn ich an den Satz nicht glaube, ich muß ihn sprechen. Mit weniger komme ich nicht aus. Man hat die Wahl: entweder die Gegenwart weiter zu formulieren, als sie selber ist; Rettung zu behaupten, wo nur Totengebein wahrnehmbar ist, Frieden zu behaupten, wo die Welt vor Waffen starrt – oder aber das zu tun, was Isaak Singer eine Figur in einem seiner Bücher *(Feinde. Die Geschichte einer Liebe)* sagen läßt: «Diejenigen, die den Mut nicht haben, ihrer Existenz ein Ende zu setzen, haben nur noch einen Ausweg: ihr Bewußtsein abzutöten, ihr Gedächtnis lahmzulegen, die letzte Spur von Hoffnung auszulöschen.»

Kehren wir zu unserer Weihnachtsgeschichte zurück! Es geschehen in ihr zwei Wunder. Das erste ist, daß Gott weiß, wohin er gehört; daß Gott seine Leute findet: die Hirten, die Armen, die Rechtlosen. Nachdem diese Geschichte erzählt ist, kann er nicht mehr in Palästen und Residenzen gesucht werden. Er hat sich endgültig von den starken Bataillonen verabschiedet. Retter ist sein Name. Das heißt, er ist da, wo er gebraucht wird. Er ist bei den Geschröpften.

Das zweite Wunder erzählt der letzte Teil der Weihnachtsgeschichte: Die stumm gemachten Hirten sprechen. Es kommt Bewegung in sie. Sie wollen sehen und finden. Sie gehen hin. Und nachdem sie das Kind gefunden haben, «machten sie das Wort kund», und sie preisen und loben Gott. Die Armen stehen auf – das ist das Wunder. Daß einer keinen Lebensmut mehr hat und daß alle Hoffnung gestorben ist, sehen wir daran, daß er nicht mehr aufstehen will. Er will nur da liegen, sich nicht bewegen, nicht stehen, nicht gehen, nicht sehen und nicht mehr fühlen. Es ist wie eine vorweggenommene Totenstarre. Und hier? Es kommt Bewegung in die Szene: «Laßt uns nach Bethlehem gehen. Laßt uns die Sache sehen, die geschehen ist … und sie gingen eilends.» Die noch nie etwas zu sagen hatten, fangen an zu reden. Sie machen das Wort kund. Sie preisen Gott, heißt es am Ende der Geschichte. Über ihre Lippen kommen nicht mehr nur Seufzer, und ihre Zunge ist nicht mehr nur dazu da, das Leben zu beklagen. Sie finden etwas, das zu preisen ist. Und jeder Preis des Lebens macht das Leben lebenswerter.

Die Tradition hat in vielen Bildern ausgemalt, wie die Hirten zur Krippe kommen; wie sie Wolle, Milch und Käse mitbringen. Die Armen nähren und wärmen ihren Retter. Der Sohn Gottes lebt von der Stärke und der Nähe der Armen. Gott wird gewärmt von den einfachen Leuten. Ein Tausch der Rollen – wer ist hier der Retter, und wer wird gerettet? Die Rettung ist gegenseitig und so annehmbar.

Eine Frage erhebt sich am Ende: Ist diese Geschichte für uns geschrieben? Oder wendet sich das, was für einen Teil der Menschheit Versprechen ist – für ihren geschändeten und ausgebeuteten Teil –, gegen uns, den satten und reichen Teil dieser Menschheit? Das Evangelium erzählt Geschichten, auf die sich eigentlich nicht alle einigen können. Es sind Geschichten, die für jemanden eintreten und die gleichzeitig jemanden anklagen. Das Evangelium preist die Armen, die Weinenden, die Gewalt Erleidenden selig. Es droht in einem Satz den Reichen, den Lachenden, den Gewalttätern. «Den Armen wird das Evangelium verkündet!» (Lukas 4,18). An diesem Satz kann nicht gedeutelt werden. Dieser konkrete Satz mit einem konkreten Adressaten kann nicht unter der Hand umgedeutet werden in einen allgemeinen Satz, jederzeit zu sagen und an alle gerichtet. Das Evangelium ist so wenig neutral, wie Armut und Reichtum neutral sind. Armut und Reichtum sind nicht eine Sache gegebener Natur. Reich ist man auf Kosten von anderen. Und Armut entsteht, wo einem Teil der Menschheit die Lebensmöglichkeit geraubt wird. Ich frage mich, ob es eine subtile Form des Imperialismus ist, daß wir uns als die Reichen und Satten die Sprache, die Geschichten und die Versprechungen der Armen aneignen. Aber was bleibt dann für uns? Leiden wir nicht auch? Sterben wir nicht auch? Ich habe in diesen Tagen einen Menschen unter Schmerzen sterben sehen. Bleibt er ausgeschlossen von den Versprechungen? Ich weiß es nicht. Das Evangelium ist hart, und Gott ist auch ein Gott des Gerichts. Gemeint sind zuerst die anderen: die mit ihrem realen Hunger; die mit ihren toten Kindern und ihren gefolterten Männern.

Ich glaube nicht, daß man diesen Widerspruch auflösen kann. Man muß mit ihm leben. Aber ich glaube auch, daß man niemanden von der Hoffnung ausschließen darf – auch sich selber nicht.

Hanns Dieter Hüsch

Segen zum Frieden

Im übrigen meine ich,
Gott, der Herr,
rufe in uns alle guten Dinge und Gedanken,
die in uns schlummern durch die Jahrtausende
in Herz und Hirn und Leib und Seele,
wieder wach.
Alles, was wir oft vergessen,
oder auch für unnütz halten,
oft auch gar nicht wollen,
das freundliche Wort und den guten Blick,
die einfache Weise, miteinander umzugehen,
als wäre jeder ein Stück vom anderen,
und ohne den einen gar nicht möglich.
Und nehme von uns die dunklen Gedanken
des Herrschens und des Kriechens
und das Rechthaben und alle Besserwisserei.
Es ist nicht des Menschen Glück auf Dauer.
Es ist sein Krieg und sein Verderben.

Der Herr möge uns nach seinen Sätzen
den Frieden lehren,
nach seinen Haupt- und Nebensätzen.
Allumfassend, ohne Rest
für den Himmel und für die Erde.
Und nicht nach unseren Grundsätzen,
mit denen wir uns oft genug zugrunde richten,
wenn wir Hintergründe suchen,
um dem Abgrund zu entgehen.

Gott, der Herr, möge uns Jesus Christus
an unsere runden Tische setzen,
auf daß wir ihm auf unseren Gedankengängen
begegnen,
und ohne Furcht die Weltgeschichte überleben.
Jenes Flickwerk aus Eitelkeit und Ruhmsucht,
Glücksspiel und Götzendienst,
Tingeltangel und Totentanz.

Gott, der Herr, mache uns wieder anfällig
für seine Geschichte, die nicht von dieser Welt ist,
nicht erklärbar, keine Diskussionen braucht,
und uns doch tröstet, hoffen läßt, Mut macht,
frohgemut macht.
Und alles in allem Kraft gibt
und uns Zuversicht schenkt.

«Friede sei mit euch –
fürchtet euch nicht!»
Warum bewegen mich diese Worte so tief?
Weil sie so schwer zu glauben sind?
Weil sie so schwer zu machen sind?
Nein, weil sie mich aufrecht halten
in äußerst geschichtlicher Zeit.
Und mich an die Worte des Chrisostomos erinnern:
«Das Kreuz wie eine Krone tragen.»
So möge Gott, der Herr, uns über alle Zeiten und
Gezeiten hinwegführen fröhlichen Herzens,
weil wir seinen Frieden in uns tragen,
der uns mit allen und allem versöhnt,
weil seine Liebe in uns wohnt,
die uns unendlich macht,
die uns aber auch zurückholt
zu unseren Tagesresten,
zu unseren Widersprüchen,

zu unseren Konflikten,
uns zurückführt in unsere Wohnküchen,
zu unseren Schlafstätten,
an unsere Schreibtische,
an unsere Drehbänke und Reparaturwerkstätten,
in unsere Studios und Ateliers,
Kindergärten und Altersheime,
um wieder von Neuem zu beginnen,
behutsam zwar, aber um im Laufe der Zeit
immer sicherer zu werden.

Gott, der Herr, verläßt uns nicht,
wenn ich mein Herz mit ihm teile,
so daß ich nichts bin und alles bin,
so daß ich nichts habe und alles habe,
daß ich nichts werde und doch alles werde.

Gott, der Herr, möge unser Glück und unser Leid,
unsere Trauer und unsere Freude
mit seiner grenzenlosen Güte begleiten,
uns im Frieden anfertigen,
machen und halten
immer noch mehr bestärken,
uns ein großes Gefühl dafür geben,
daß einer des anderen Last mittrage.
Und nachsichtig möge er mit uns sein,
wenn alles nicht von heute auf morgen geschehen kann,
weil:
Wir sind seine Kinder von ganzem Herzen,
aber oft noch von halbem Verstand.
Herr, gehe nicht von uns,
darum nicht, und deshalb auch nicht,
wenn wir manchmal noch nicht alles verstehen.
Darum sind wir hier,
um deine Zeichen zu sehen und zu hören

und zu spüren,
wenn wir nach Hause gehen.
Amen.

Dorothee Sölle

Weihnachtsgebet

Wir wollen beten um das licht
das in die finsternis der welt
und in die finsternis unserer herzen scheint

Laß dein licht leuchten
allen gefangenen in der welt
den unpolitischen und den politischen
schick dein licht zu denen
die dreißig tage unter einer kapuze stecken
und gefoltert werden
in guatemala und el salvador
und vielen andern orten der welt
laß sie wissen daß dein licht immer noch scheint
laß sie wissen daß wir sie nicht vergessen
in deinem licht

Laß dein licht leuchten
allen hoffnungslosen in der welt
den wissend und den ahnungslos hoffnungslosen
schick dein licht zu denen
die immer noch mehr waffen brauchen
um ruhig zu schlafen
laß uns dein gewaltloses licht sehen lernen
im umgang miteinander
und im leben mit anderen völkern
denen wir weizen und wissen schulden
laß sie wissen daß dein licht auch hier
im lande von nacht und nebel
immer noch da ist
laß sie wissen daß wir nicht einen toten

der beiden weltkriege vergessen werden
in deinem licht

Laß dein licht leuchten
allen einsamen in der welt
allen alleingelassenen und hinterbliebenen
allen jungen menschen die sich nicht zuhause fühlen
und allen verlassenen frauen
laß uns nicht an ihnen vorbeisehen
sondern dein licht des trostes verbreiten
laß die einsamen wissen daß keiner allein ist
nicht im schmerz
nicht in der depression
nicht in der niederlage um der gerechtigkeit willen
laß uns alle dein licht sehen
damit wir selber licht werden
mach uns stark in deinem licht
der gewaltfreiheit
des gedächtnisses
der solidarität
und laß uns beten wie dein lichter sohn uns gelehrt hat

Unser vater

Gott segne uns und behüte uns
das licht von bethlehem scheine in unsern herzen
und dringe vor aus dem elendsstall
bis in die paläste
wir sind das licht der welt
geht hin frieden zu schaffen

Paul Tillich

Im Grabe geboren

Am Abend aber kam ein reicher Mann von Arimathia, der hieß Josef, welcher auch ein Jünger Jesu war. Der ging zu Pilatus und bat ihn um den Leib Jesu. Da befahl Pilatus, man solle ihm ihn geben. Und Josef nahm den Leib und wickelte ihn in eine reine Leinwand und legte ihn in sein eigenes neues Grab, welches er hatte in einen Fels hauen lassen, und wälzte einen großen Stein vor die Tür des Grabes und ging davon. Es war aber allda Maria Magdalena und die andere Maria, die setzten sich gegen das Grab. Des anderen Tages, der da folgt nach dem Rüsttage, kamen die Hohenpriester und Pharisäer sämtlich zu Pilatus und sprachen: Herr, wir haben gedacht, daß dieser Verführer sprach, da er noch lebte: Ich will nach drei Tagen auferstehen. Darum befiehl, daß man das Grab verwahre bis an den dritten Tag, auf daß nicht seine Jünger kommen und stehlen ihn und sagen zum Volk: Er ist auferstanden von den Toten, – und werde der letzte Betrug ärger denn der erste. Pilatus sprach zu ihnen: Da habt ihr die Hüter; gehet hin und verwahret, wie ihr wisset. Sie gingen hin und verwahrten das Grab mit Hütern und versiegelten den Stein.

Matth. 27,57-66.

Bei den Nürnberger Kriegsverbrecher-Prozessen erschien als Zeuge ein Mann, der eine Zeitlang in einem Grab eines jüdischen Friedhofes in Wilna gelebt hatte. Es war das einzige Versteck, wo er – und viele andere – leben konnten, nachdem sie der Gaskammer entronnen waren. Während dieser Zeit schrieb er Gedichte, und eines davon war die Beschreibung einer Geburt. In einem Grab, ganz in seiner Nähe, gebar eine junge Frau einen Sohn. Der 80jährige Totengräber, in ein Leichentuch gehüllt, half bei der Geburt. Als das neugeborene Kind seinen ersten Schrei ausstieß, betete der alte Mann: «Großer Gott, hast Du endlich den Messias zu uns gesandt? Denn wer anders als nur der Messias selbst könnte in einem Grab geboren werden?» Drei Tage später sah der Dichter, wie das Kind die Tränen seiner Mutter trank, weil sie ihm keine Milch geben konnte.

Diese Geschichte, die alles übertrifft, was menschliche Einbildungskraft ersinnen könnte, ergreift nicht nur unser Gefühl, sondern hat auch eine große symbolische Kraft. Als ich sie das erstemal las, wurde mir stärker als je zuvor bewußt, daß unsere christlichen Symbole, die der evangelischen Geschichte entstammen, einen großen Teil ihrer Macht verloren haben, weil sie zu oft wiederholt und zu oberflächlich gebraucht worden sind. Es ist in Vergessenheit geraten, daß die weihnachtliche Krippe der Ausdruck äußerster Armut und Not war, ehe sie zu der Stätte wurde, an der die Engel erschienen und auf die der Stern hinführte. Und es ist in Vergessenheit geraten, daß das Grab Jesu das Ende seines Lebens und seines Werkes war, ehe es zur Stätte seines endgültigen Triumphes wurde. Wir sind der unendlichen Spannung gegenüber unempfindlich geworden, die in diesen Worten des Apostolischen Glaubensbekenntnisses liegt «... gelitten ..., gekreuzigt, gestorben und begraben, ... am dritten Tage wieder auferstanden von den Toten.» Schon wenn wir die ersten Worte hören, wissen wir, wie der Schluß sein wird: «wieder auferstanden»; und für viele Menschen bedeutet er nicht mehr als das unvermeidliche «happy end». Der alte jüdische Totengräber wußte es besser. Für ihn war die unermeßliche Spannung der Messias-Erwartung eine Wirklichkeit, die in dem unendlichen Kontrast zwischen den Dingen, die er sah, und der Hoffnung, die er in sich trug, hervorbrach.

Die Tiefe dieser Spannung wird durch den letzten Teil der Geschichte zum Ausdruck gebracht. Nach drei Tagen wurde das Kind nicht zur himmlischen Herrlichkeit emporgehoben; es trank die Tränen seiner Mutter, weil es nichts anderes zu trinken hatte. Wahrscheinlich ist es gestorben, und die Hoffnung des alten Juden wurde wieder einmal enttäuscht, wie sie schon unzählige Male vorher enttäuscht worden war. Von dieser Erzählung kann uns kein Trost kommen – es kann kein glückliches Ende geben; aber genau das entspricht der Wahrheit über unser Leben. An einer bemerkenswerten Stelle schreibt Karl Barth in seinem Buch «Credo» über das Wort «begraben» im Apostolischen Glaubensbekenntnis: «Wenn ein Mensch begraben wird, ist es augenscheinlich bekräftigt und bewiesen – obwohl er scheinbar noch gegenwärtig, tatsächlich aber bereits abwesend ist –, daß er keine Gegenwart mehr besitzt, noch weniger eine Zukunft. Es ist nur mehr Vergangenheit. Er ist nur noch durch die Erinnerung erreichbar, und auch das nur solange, bis die, denen es möglich ist und die bereit sind, sich seiner zu erinnern, selbst begraben werden. Und die Zukunft, auf die die ganze menschliche Gegenwart hinläuft, ist gerade dieses: begraben zu werden.» Diese Worte beschreiben genau die Situation, in der der fromme alte Jude betete: «Großer Gott, hast Du endlich den Messias zu uns gesandt?»

Wir schieben oft den Ernst dieses Wortes «begraben» beiseite – nicht nur in bezug auf Christus, sondern auch auf uns –, in der Vorstellung, daß nicht wir, sondern nur ein verhältnismäßig unbedeutender Teil von uns, unser Körper, begraben wird. Doch das ist nicht das, was das Glaubensbekenntnis darunter versteht. Es ist immer derselbe Jesus Christus, von dem gesagt wird, daß er gelitten hat und daß er begraben wurde und daß er wieder auferstanden ist. Er wurde begraben, er – seine ganze Person – wurde von der Erde hinweggenommen. Das gleiche gilt auch für uns. Wir werden sterben, wir, unsere Person, von der wir unseren Körper nicht als einen zufälligen Teil abtrennen können, wird begraben werden.

Nur wenn wir das «begraben» aus dem Evangelium so ernst nehmen, erkennen wir den Wert der Ostergeschichte und der Worte des Totengräbers: «Wer anders als der Messias kann in einem Grab geboren werden?» Seine Frage hat zwei Seiten. Nur der Messias kann Leben aus dem Tod erwecken. Es ist kein natürliches Ereignis. Es geschieht nicht jeden Tag, aber es geschieht am Tage des Messias. Es ist das erstaunlichste, tiefste und paradoxeste Mysterium des Daseins. Leben aus dem Grabe kann nicht durch den Hinweis auf die Unsterblichkeit eines angeblich besseren Teils unserer Selbst hervorgebracht werden. Ewiges Leben entsteht nur durch das Kommen einer «neuen Wirklichkeit», die nach unserem Glauben schon in Jesus als dem Christus erschienen ist.

Aber die Behauptung, daß niemand anderes als der Messias in einem Grab geboren werden könnte, hat noch eine andere Seite, die dem frommen Juden vielleicht weniger bewußt war. Christus mußte begraben werden, um der «Christus» zu sein, nämlich der, welcher den Tod besiegt hat. Die Geschichte aus dem Evangelium, die wir gehört haben, bezeugt uns den wirklichen und unwiderruflichen Tod und das Begräbnis Jesu. Die Frauen, die Hohenpriester, die Soldaten, der versiegelte Stein – sie alle ruft das Evangelium als Zeugen an für die Wirklichkeit seines Endes. Wir sollten sorgfältiger auf diese Zeugen hören, die uns mit Triumph oder Zynismus erzählen, daß er begraben wurde, daß er für immer von der Erde hinweggenommen wurde und daß von ihm keine Spuren mehr in der Welt zurückgeblieben sind. Auch sollten wir mehr auf jene anderen hören, die in Zweifel und Hoffnungslosigkeit sagen: «Aber wir vertrauen ihm, daß er es sei, der gekommen ist, um Israel zu erlösen.» Es ist heutzutage nicht schwer, beide Stimmen zu hören in einer Welt, in der es so viele Orte wie den jüdischen Friedhof in Wilna gibt. Es ist sogar möglich, sie in uns zu hören, jeder von uns in sich selbst. Und wenn wir sie hören, was können wir darauf antworten? Wir wollen uns darüber klar sein: Die Antwort, die uns das Osterfest gibt, ist keine notwendige Antwort. In der Wirklichkeit kommt nicht alles unvermeidbar zu einem «happy end» wie in verlogenen Filmen. Aber die Antwort von Ostern ist gerade dadurch möglich geworden, daß Christus begraben worden ist. Das neue Leben wäre nicht wirklich *neues* Leben, wenn es nicht aus dem radikalen Ende des alten Lebens erstanden wäre. Sonst müßte es wieder begraben werden. Aber wenn das neue Leben aus dem Grab hervorgekommen ist, dann ist der Messias selbst erschienen.

Weihnachten – Das Fest der Liebe

Rose Ausländer

Bruder

Ich gehöre dir
Fremder
der mein Bruder ist
und mir gehört

Rose Ausländer

Einverständnis II

Die Rose und ich
duzen einander

aus zorniger Gewohnheit
blühendem
welkendem
Einverständnis

Klaus Wilms und Harald Henry

Zwei Frontbriefe

Ostfront, Oktober 1941

Glaubst Du, es wäre schwer, Großes zu bewundern und ehrfürchtige Schauer in Deiner Seele zu empfinden, weil das Erhabene so selten sei im Leben?

Nun denn: geh hin, schau das Gras an, wenn der Tau es genetzt, sieh den Käfern zu, die schillernd über schwankende Halme klettern – sieh einen Baum blühen und hör dem rauschenden Regen zu – und Du wirst die Schauer der Ehrfurcht fühlen, wenn Du Dich so versenkst ins Kleine, weil Du dann das Große ahnst im Wundervoll-Winzigen!

Die Amsel singt ihr Morgenlied, und die ganze Schönheit der Welt liegt in den jubelnden Tönen ihrer Kehle. Und überall raunt das erwachende Leben. Tief atmet die Erde, und man sieht Gott herablächeln auf seine Schöpfung. Ein klares Bächlein springt mit hellem Lachen in hurtigem Lauf über runde Kiesel. Sein Wasser gleicht hellem Bergkristall und seines Ufers grüner Rasen wirft farbige Schatten in die Helle.

Wie manches Mal suchte ich Gott – wie oft habe ich an ihm gezweifelt! Bis ich einmal stillstand und seine Größe zu mir drang durch seine Werke. Ergriffen lauschte ich dem Wind, der in der Bäume Kronen ein andachtsvolles Lied anstimmte. Ich sah die Menschen alle, auch mich, als Gottes Werk, als seine größte Schöpfung, wie er Gesetze in ihr Inneres legt. Und zu der Ehrfurcht, die mich erfüllte, gesellte sich die Liebe zu Gott.

Ehrfürchtig staunend stand ich einst vor dem Dom. Er ward mir zum Gleichnis des deutschen Menschen. Fest, wuchtig wurzelt er im Heimatboden. Stein fügt sich an Stein in strenger Klarheit. So ist die deutsche Seele, die suchende, strebende. Stolz ward ich, aus solchem Volk zu kommen, das kühn hinstrebt zu dem Höchsten.

Kämpfen und Suchen muß sein im Leben – kämpfen um des Lebens Notdurft, ja, mit den dunklen Mächten in sich selbst, und suchen nach des Lebens Bestimmung, nach der Seele und dem Gesetz des All. Unruhe, Mühsal, Enttäuschungen werden sein, am Ende aber steht das Glück eines gelebten Lebens!

Wie kann «Leben» schlechthin gleich sein dem «Sich-Ausleben» im Sinne des trägen Nur-Genießens? Denn das bloße Genießen würde uns hohlbrennen, und wir würden zusammenfallen wie Feuer ohne hinreichende Nahrung. Nichts würde in uns schwingen, und nichts würde groß und drängend in uns: wir hätten uns selbst betrogen um den Wert unseres Lebens – ja um uns selbst!

Wer sein Leben wagt, um ein anderes zu erhalten, gute, helfende Worte dem zu geben vermag, auf dessen Seele dumpfe Not lastet – der ist Kamerad. Und er wird emporgehoben sein über sich selbst, und Gott wird erregendes Glück in seine Seele geben. – Des Lebens Härte lachend meistern, stolz sein durch Herzens-Adel und frank und frei sein – so findet man den Mut, lachend und jauchzend zu sterben für ein Großes, weil man dann reich war im Leben, bewußt gelebt hat, so daß der Tod im mannhaften Kampf Krönung ist und Erfüllung!

Die Sommersonne kost mit hellem Licht die goldnen Halme voller Ährenlast. Nichts Schweres scheint zu sein – mir ist so leicht. Doch birgt das Reifen rings der Mühen viel: Ganz still in mir hab ich ein Ahnen von schwerem Gang hin über frische Schollen. Es klingt in mir wie leises Mahnen …

1. und 3. Dezember 1941

Das soll mein Weihnachtsbrief für Euch sein, geschrieben aus der tiefsten Bitternis eines entsetzlich gewordenen Lebens. Die letzten Tage waren wieder so grauenhaft, die

Nächte so marternd, daß sie waren wie in alter Zeit, als man erzählte, die Menschen seien in einer einzigen Nacht grau geworden. Hier auf den Schneefeldern wird unsere beste Kraft gemordet, nicht nur dieser Jahre, die wir hier verlieren, sondern auch der kommenden; kehren wir einmal zurück, so sind wir auch noch um die Zukunft betrogen, entkräftet, zermartert und stumpf.

Ein ganz tiefer Haß, ein ganz großes Nein sammelt sich in unserer Brust. Ach, es ist so schrecklich. Ich werde dieses Fest anders verbringen als Ihr, vielleicht in einem Erdloch zerrissen und verwundet von dieser grauenhaften Kälte, überrieselt von den wimmelnden Läusen, die auf der überall schorfig gekratzten Haut ihr Spiel treiben, während man eingeschnürt und verschnallt sich nicht regen kann. Vielleicht habe ich das Glück, wenigstens einige Augenblicke lang, das Glück der Erinnerung an Euch, an so viele geliebte, schöne Jahre, so viele schöne Weihnachtsfeste. Vielleicht – aber die Erinnerungen sind so schwach geworden vor der starken Qual, nur ganz selten befallen sie mich noch beglükkend. Wahrscheinlich werde ich nur stumpf und traurig sein und an etwas Eßbares denken. Oh, dies Weihnachten! Ich will kurz von den letzten Tagen berichten. An einem Tage endlosen Marschierens, zu dem wir schon um $^{3}/_{4}5$ Uhr aufstanden, griff uns wieder ein Flieger an, in mehrfachen Anflügen stürzte er auf uns nieder – ich stand am Gefechtswagen und feuerte auf ihn. Die beiden Pferde hinter uns brachen unter seinem MG-Feuer zusammen. Die Pferde vor mir gingen plötzlich durch, drehten um und rissen den schweren Wagen herum; die Zugtaue erfaßten mich, rissen mich um und ich fiel unter die Deichsel, wurde zwischen den blitzenden Hufen und den Vorderrädern des Wagens geschleift. Das Rad ergriff meinen Mantel; als es gerade ansetzte, mir über die Hüfte zu rollen, brachten die anderen den Wagen zum Stehen. Mir war, so grausig die Sache aussah, so zerfetzt und blutbespritzt mein Mantel war, nichts geschehen, nur eine kleine Fleischwunde hatte ich an der Hand. Zerfetzt der Mantel, zerfetzt schon früher meine Hose, zerrissen und furchtbar hartscheuernd die Stiefel, dazu bis zu 30 Grad Kälte. Am Nachmittag marschierten wir wie die Verrückten weiter, bis sich am Abend alles auf ein einziges Dorf zusammendrängte. Die ganze Kompanie schlief in einem einzigen Haus, sitzend, übereinander, verkrümmt, es war unbeschreiblich. Der nächste Morgen des ersten Advent brachte einen Angriff, doch waren die feindlichen Panzer schon entfernt, so daß wir nur den weiteren Vormarsch zu sichern brauchten. Die Quartiere blieben am Nachmittag und bei der Vorverlegung am Abend schlecht und eng. In der Nacht wurden wir alarmiert, russische Panzer waren beim Schwesterregiment durchgebrochen. Als wir heraustreten in dieser furchtbaren Nacht, glaubten wir die ganze Hölle losgebrochen, ein eisiger Sturm schüttelte Schneemassen auf, tobte. Nun ging es los, hinaus in diese Nacht, unser Zug mußte nach kurzem Marsch auf Spähtrupp vor, stieß dauernd auf russische Trupps, stapfte im übrigen im mehr als kniehohen Schnee herum, erfror halb. Am Vormittag ging es zurück in das alte Dorf, das nun aufs höchste bedroht, wie ein Igel von Posten und Sicherungen starrte. Es war der kälteste Tag, wir ohnehin vom Schnee durchnäßt, mußten alle drei bis vier Stunden Tag und Nacht heraus und sichern. Doch kamen die Russen in dieser Nacht nicht. Als es weiterging, flogen wieder drei Bomber unsere Marschkolonne an, aber schon waren deutsche Jäger zur Stelle, schon brannten die russischen Maschinen, qualmten, stürzten, ein Pilot sprang im Fallschirm ab. Nun liegen wir noch weiter vorn, schon ganz dicht, und ein Stellungskrieg, wie ihn wohl noch kein deutscher Soldat *so* erlebt hat, steht uns bevor. Gott sei uns gnädig! Es gibt nichts mehr, das selbstverständlich ist: Es ist nicht mehr selbstverständlich, daß man ein Dach über dem Kopf, Essen, Post hat, daß man die Winternächte in geheizten Häusern verbringt – all dies ist besondere Gnade, Geschenk, Weihnachtsgeschenk meinetwegen.

Ich bin müde, hatte bei starker Erkältung heute nacht auch heftiges Fieber, und kann keinen richtigen Brief zustande bringen. Lese ich dies Geschreibsel durch, so spüre ich recht, wie wenig die trockenen Berichte wirklich die Schrecknisse dieser Tage einfangen und wie wenig auch dieser Weihnachtsbrief Euch sagt, was er sagen sollte, wie wenig er dankt und befriedigt. Aber Ihr müßt das alles nicht vom Schimmer der Weihnachtskerzen her beleuchtet sehen, sondern von der tiefen Störung und Zerstörung, der wir jetzt wie einer schrecklichen Krankheit, Irrung der menschlichen Natur unterworfen sind. Immer zweifelhafter erscheint es mir, ob überhaupt noch Heilung möglich ist.

Erich Fried

Halten

Halten
das heißt
Nicht weiter – nicht näher – nicht einen Schritt
oder heißt Schritthalten
ein Versprechen – mein Wort
oder Rückschau

Halten
dich
mich zurück – den Atem an – mich an dich
dich fest
aber nicht
dir etwas vorenthalten

Halten
dich in den Armen
in Gedanken – im Traum – im Wachen
Dich hochhalten
gegen das Dunkel
des Abends – der Zeit – der Angst

Halten
dein Haar mit zwei Fingern
deine Schultern – dein Knie – deinen Fuß
Sonst nichts mehr halten
keinen Trumpf – keine Reden
keinen Stecken und Stab und keine Münze im Mund

Christa Wolf

Sich-Erinnern ist gegen den Strom schwimmen,
wie schreiben – gegen den scheinbar
natürlichen Strom des Vergessens,
anstrengende Bewegung.

Karl Krolow

Eine Weihnachtserinnerung, die ich nicht vergaß

Denke ich an Weihnachten in den Jahren meiner Kindheit, so verbinde ich solche Erinnerung mit der Erinnerung an Landschaft. Fast immer haben Augenblicke in mich umgebender niederdeutscher Landschaft die Weihnachtszeit mit beeinflußt. Meine Eltern, besonders mein Vater, erzogen mich früh zu derartigem natürlichen Verhältnis in meiner keineswegs ländlichen Umwelt, denn ich wuchs am Rande einer Großstadt auf. Das unregelmäßige und eigentlich unschöne Terrain, das begann, wo die letzten Neubauten aufhörten und sich saure Wiesen hinzogen, Gärtnereien und die Anwesen einiger Gemüsebauern, Schrebergärtensiedlungen, ehe das erste Waldstück sichtbar wurde, ehe der wichtige Wald meiner jungen Jahre, der hannoversche Stadtwald, die Eilenriede, begann. Diese Eilenriede, die sich halbkreisförmig um die Stadt zog, war damals noch ein richtiger Forst oder gab mir doch als Buben diese Illusion, wenn man vom Felde her auf sie zukam. Dann war das Wald-Massiv, die Mischwald-Fläche – besonders bei unsichtigem Wetter – etwas mich mächtig Anziehendes, eine dunkle Wildnis.

Ich kannte den Wald zu jeder Jahreszeit. Im Grunde war die Entfernung zwischen meinem Elternhaus und ihm gering, vielleicht zwanzig Minuten weit, und nur die dazwischenliegenden verstreuten Gehöfte, das von Geometern bereits abgemessene Gebiet zwischen ausfallender und dann jäh im Feldstück endender städtischer Straße, zwischen dem Ende der Wohnstraße und dem eigentlichen Wiesengrün und Ackerbraun, unterbrach die Vorstellung, daß der Wald eigentlich recht schnell erreichbar sein müsse. Das beiläufige und durch die Witterung so oft trist verhängte

Übergangsgebiet, in dem ich mich bewegte und in dem ich mich rasch auskannte als einem idealen Spielgelände, machte den großen Flächenwald dann für mich um so begehrenswerter, in dessen Randbezirken wir Kinder unsere persönlichen Verstecke anlegten, die wir nie verrieten und schon gar nicht mit jemandem teilen würden, Zufluchten im dichten, grünen Unterholz, in das wir uns mit unserer Phantasie zurückzogen.

Im Eilenriedewald floß in seinem Südteil, entlang der nach Hildesheim fahrenden Bahnlinie, ein Rinnsal, ein verkrauteter Wassergraben, der an einer bestimmten Stelle seines Verlaufes unter einer Waldchaussee weitergeführt wurde. Der massiv gemauerte Eingang zu dieser Unterführung, bogenartig angelegt, glich dem Eingang zu einer Art Wald-Unterwelt, zu einem grünen, dichten Hades. Wie hier das träge Wasser verschwand, um erst sehr viel später an einer von hier aus nicht einzusehenden Stelle wieder ans Licht zu treten, das war für uns Kinder immer mit einem Gefühl der Ungewißheit, des Bangens, der Beklemmung und der Neugier betrachtet worden. Im Winter fror die winzige Wasserfläche vor der Unterführung schnell zu. Man konnte auf ihr dann ein paar Schritte tun, wagte sich allerdings niemals fort ins Dunkle der unterirdischen Weiterführung.

Ich muß noch ein sehr kleiner Junge gewesen sein, als mir mein Vater in der Vorweihnachtszeit, als wir wieder einmal gemeinsam diesen Ort passierten, vom Eingang zur unterirdischen Grabenweiterführung als vom Eingang zur Höhle des Knechtes Ruprecht zu erzählen begann, sicherlich ganz beiläufig, wie es seine Art war und wie man einem Buben meines damaligen Alters vielleicht Landschaft spannend, abenteuerlich machen kann. Ruprechts Bereich, das mir der Vater als ein Schatzversteck mit allen den Gaben, die er zu Weihnachten dann den Kindern unter den Christbaum legen würde, zu schildern verstanden hatte, ließ mich zunächst vermutlich nichts als nachdenklich werden. Dieser

Höhleneingang – gerade an solcher Stelle – schien mir unbedingt glaubwürdig. Man mußte sich hier unterirdisch wunderbar verstecken können, um dann im tiefen Höhleninneren ein ganzes Schatzlager anzulegen. Auf dieses Lager aber hatte ich es abgesehen. Die Vorstellung von den verborgenen Sachen ließ mich ganz offenbar nicht los. Weihnachten, das in jedem Jahr ungeduldig erwartete Fest, rückte näher mit dem unberechenbaren Dezember, unberechenbar mit dem Auf und Ab der niederdeutschen Witterung, die zwischen nassem, flüchtigem Schnee und Nebel- oder Regenwetter schwankte, bei ständig gehendem Wind, der aus der Ebene fegte und nirgends Widerstand fand.

Plötzlich gab es einen frühen Wintereinfall mit Frost und lange niedergehendem Schnee, einige Tage vor dem Fest. Die Schnee-Einsamkeit des Eilenriedewaldes, durch die mich mein Vater nun mit dem Schlitten zog, war überwältigend. Ein richtiger Märchenwald war entstanden, in dem der Schnee von den Ästen in die Augen stäubte, nachdem es sich endlich ausgeschneit hatte und alles in seiner weißen Pracht dalag. Wir kamen sicherlich auch an jenen Waldfleck, wo Ruprechts Höhle lag. Ich erinnere mich dessen nicht mehr genau. Genau dagegen weiß ich, daß es für mich – ausgerechnet am Vormittag des Heiligen Abends – kein Halten mehr gab. Meine Erwartungen waren wie meine Ungeduld auf das Höchste gespannt. Ich hatte Ruprechts Höhle nicht vergessen können, die jetzt sicherlich, mit dem vereisten Wasserloch davor, halb zugeschneit war, die vor allem auch für ein gewöhnliches Menschenkind, für mich, erreichbar, passierbar sein mußte, nachdem das Grabenwasser wohl bis auf den Grund gefroren war. Auf einmal war ich auf dem Wege zu Ruprechts Reich, mit dem Schlitten, den ich hinter mir her zog, in einem günstigen Augenblick Haus, Straße und Spielgefährten verlassend. Die Neugier, das Abenteuer, meine Phantasie hatten mich überwältigt. An diesem kalten Wintervormittag, der schon fast Mittag war, war ich unversehens unterwegs, allein, wie es sich gehört, denn ich wollte das Geheimnis für mich allein haben. Ich wollte niemanden dabei haben, bei meiner Entdeckung. Ich war unerschrocken genug, nach alldem, was ich mir erhoffte, um das Wagnis allein auf mich zu nehmen. Ich weiß die Einzelheiten dieses Hinweges, des Hingezogenwerdens nicht mehr. Auf einmal fand ich mich jedenfalls an jener Waldstelle mit vereistem Krautgraben und an dieser Stelle merkwürdig dünner Schneedecke.

Hier angekommen, muß sich bei mir einiges verändert haben. Das Zeitgefühl muß ausgesetzt haben. Habe ich gezögert? – Habe ich – mit dem im Gebüsch schließlich abgestellten Schlitten – den Höhleneingang, nun doch vielleicht furchtsam geworden, immer langsamer und doch zugleich immer geduldiger, erwartungsvoller umkreist und eingekreist? Bin ich dabei allmählich ermüdet, ohne es zunächst zu merken, ohne es danach wahrhaben zu wollen? Meine Eltern haben mir später zuweilen erzählt, wie der Heilige Abend oder doch die Stunden vor diesem Abend verliefen: in quälender Unruhe, in Sorge um meinen Verbleib. Mein Verschwinden war bald bemerkt worden. Und als ich noch nicht heimgekommen war, als mein Vater vom Dienst und einem anschließenden Zusammensein mit Kollegen nach Hause zurückkehrte, war die Aufregung groß. Etwas mußte geschehen. Die Zeit verstrich. Niemand wußte genau, wie lange ich fort war, weil ich – wie gesagt – mich unbeobachtet fortgestohlen hatte. Die Eltern überlegten ratlos, wohin ich mich gewendet haben könnte. Sie fragten die Spielkameraden aus. Niemand konnte Auskunft geben. Ich hatte niemanden eingeweiht, weil ich niemanden hatte bei mir haben wollen. Ich wollte allein das Abenteuer meiner Erwartungen, meiner kindlichen Weihnachtsneugier und hatte es inzwischen bekommen: Abenteuer des Alleinseins im eiskalten, einsamen Winterwald, bei allmählich, dann immer rascher sinkendem Tageslicht.

Was von diesen Heiligabend-Stunden im verschneiten Wald vor der Weihnachts-Höhle des Knechtes Ruprecht sich in meinem Gedächtnis erhalten hat, sind vermischte Kleinigkeiten: die Erinnerung an eine knisternde Schneestille, an vom Wind seufzendes Geäst, an eine kalte, von mir, meinen Gliedern, meinem Körpergefühl langsam Besitz ergreifende Einsamkeit, ein Abgeschnittensein, ein Leben in einem Zwischenbereich, mit aufkommender, dann wieder niedergekämpfter Angst, von Isolation und Fortsein von allem, von Mutlosigkeit, von einer merkwürdigen Verlorenheit und einem ebenso merkwürdigen Entzücken, während es um mich zu dämmern begann. Ich blieb gebannt. Ich konnte den verlorenen Wald nicht aufgeben. Ich war unschlüssig. Ich wußte nicht weiter, vermutlich. Ich hatte das Wagnis nicht bestanden, war nicht in die Höhle eingedrungen, sondern hatte sie immer nur angestarrt, hatte vor ihr und ihrem Dunkel haltgemacht und hatte vergessen, was vorher war und was nachher kam.

Auf einmal sah ich mich in meiner Verlassenheit meinem Vater gegenüber. Er hatte sich mit einem Freund auf die Suche gemacht, hatte sich daran erinnert, was er mir von Knecht Ruprechts Versteck verheißen hatte, und hatte dann schnell geahnt, daß ich nur in oder vor ihm aufzufinden sein müßte. Die beiden jungen Männer waren verlegen und froh, als sie mich sahen. Mein Vater hatte mich richtig eingeschätzt. Er hatte nicht die Polizei verständigen müssen. Und nun mußte er mich aus einem Traum hochreißen, den ich nur halb und ganz unvollkommen zu träumen begonnen hatte, an diesem Tage, den man den Heiligen Abend nennt: ein Traum, auf den ich später nicht habe zurückzukommen brauchen. Ein Traum, auf den man niemals zurückkommen wird, weil er nicht wiederholbar ist.

Hilde Domin

Rückkehr

Meine Füße wunderten sich
daß neben ihnen Füße gingen
die sich nicht wunderten.

Ich, die ich barfuß gehe
und keine Spur hinterlasse,
immer sah ich den Leuten auf die Schuhe.

Aber die Wege feierten
Wiedersehen
mit meinen schüchternen Füßen.

Am Haus meiner Kindheit blühte
im Februar
der Mandelbaum.

Ich hatte geträumt,
er werde blühen.

Max Frisch

An Maja

Du bist eine Frau, vielleicht ein Mädchen, und im stillen fragst du manchmal, was ich möchte; einen ganzen Nachmittag sind wir gewandert, zu weit für deine schmalen Schuhe, und gesprochen haben wir nichts Besonderes. Du gabst deine Hand, während wir die Hänge hinuntergingen; wir sagen uns du, und am andern Morgen erwache ich, wie man am Meer erwacht. Meine Hand bleibt voll von der deinen. Aber nimm es nicht schwer; kein Brief soll dich rufen, wenn du gehst. Du bist jung, und ich bin froh, daß es dich gibt. Die Erde, die du betreten hast, ist wieder eine Erde zum Wandern, und alles Vorhandene bist du. Ich sehe die blühenden Zweige, die du vom Baume brichst, und ich sehe die Hunde, die nach deinen Steinen springen. Die Früchte, die du zum Munde nimmst, das alles ist rund und vorhanden und voll, wie deine Stirne voll ist und jung und ohne Durchsicht; du bist die Gegenwart hinter allem. Es ist, als blühen die Felder aus dir, hier, wo du noch nie gegangen bist, und die Luft ist voll Glanz deiner Augen. Ich möchte erzählen können, was alles ich sehe, die Landschaft mit Kiefern und Ulmen und fremden Giebeln darin, mit Flüssen und endlosen Wäldern und Schlössern, deren Fenster in der Abendsonne blinken, mit Brücken und Trümmern von Brücken, mit Domen, die aus zerstörten Städten steigen. Du bist es, was die Bilder hält, die Farben vor der Nacht, und alles Licht, das die Sonne vergeudet, es fiele ins Finstere, wenn es nichts gäbe, was man liebt –

Rose Ausländer

Wachsen

Aus den Wurzeln
das Wachsende
zwischen Gestein und Grün

Auch Menschen wachsen
und spiegeln sich
in ihren Wünschen

Schwer tragen sie
ihre Verluste

Die Liebe
lassen sie wachsen
ein Vers
der nicht
untergehn soll

Hilde Domin

Es gibt dich

Dein Ort ist
wo Augen dich ansehn.
Wo sich die Augen treffen
entstehst du.

Von einem Ruf gehalten,
immer die gleiche Stimme,
es scheint nur eine zu geben
mit der alle rufen.

Du fielest,
aber du fällst nicht.
Augen fangen dich auf.

Es gibt dich
weil Augen dich wollen,
dich ansehn und sagen
daß es dich gibt.

Bertolt Brecht

Ich will mit dem gehen, den ich liebe.
Ich will nicht ausrechnen, was es kostet.
Ich will nicht nachdenken, ob es gut ist.
Ich will nicht wissen, ob er mich liebt.
Ich will mit ihm gehen, den ich liebe.

Angelus Silesius

Wird Christus tausendmal
zu Bethlehem geboren
Und nicht in dir;
du bleibst noch ewiglich verloren.

Thomas Mann

‹Hannos Weihnacht›

Die Vorzeichen mehrten sich. Schon seit dem ersten Advent hing in Großmamas Eßsaal ein lebensgroßes buntes Bild des Knecht Ruprecht an der Wand. Eines Morgens fand Hanno seine Bettdecke, die Bettvorlage und seine Kleider mit knisterndem Flittergold bestreut. Dann, wenige Tage später, nachmittags im Wohnzimmer, als Papa mit der Zeitung auf der Chaiselongue lag und Hanno gerade in Geroks «Palmblättern» das Gedicht von der Hexe zu Endor las, wurde wie alljährlich und doch auch diesmal ganz überraschenderweise ein «alter Mann» gemeldet, welcher «nach dem Kleinen frage». Er wurde hereingebeten, dieser alte Mann, und kam schlurfenden Schrittes, in einem langen Pelze, dessen rauhe Seiten nach außen gekehrt und der mit Flittergold und Schneeflocken besetzt war, ebensolcher Mütze, scharfen Zügen im Gesicht und einem ungeheuren weißen Barte, der wie die übernatürlich dicken Augenbrauen mit glitzernder Lametta durchsetzt war. Er erklärte, wie jedes Jahr, mit eherner Stimme, daß dieser Sack – auf seiner linken Schulter – für gute Kinder, welche beten können, Äpfel und goldene Nüsse enthalte, daß aber andererseits diese Rute – auf seiner rechten Schulter – für die bösen Kinder bestimmt sei. Es war Knecht Ruprecht. Das heißt, natürlich nicht so ganz und vollkommen der echte und im Grunde vielleicht bloß Barbier Wenzel in Papas gewendetem Pelz; aber soweit ein Knecht Ruprecht überhaupt möglich, war er dies, und Hanno sagte auch dieses Jahr wieder, aufrichtig erschüttert und nur ein- oder zweimal von einem nervösen und halb unbewußten Aufschluchzen unterbrochen, sein Vaterunser her, worauf er einen Griff in den Sack für die guten Kinder tun durfte, den der alte Mann dann überhaupt wieder mit sich zu nehmen vergaß.

Es setzten die Ferien ein, und der Augenblick ging ziemlich glücklich vorüber, da Papa das Zeugnis las, das auch in der Weihnachtszeit notwendig ausgestellt werden mußte. Schon war der große Saal geheimnisvoll verschlossen, schon waren Marzipan und Braune Kuchen auf den Tisch gekommen, schon war es Weihnacht draußen in der Stadt. Schnee fiel, es kam Frost, und in der scharfen, klaren Luft erklangen durch die Straßen die geläufigen oder wehmütigen Melodien der italienischen Drehorgelmänner, die mit ihren Sammetjacken und schwarzen Schnurrbärtchen zum Feste herbeigekommen waren. In den Schaufenstern prangten die Weihnachtsausstellungen. Um den hohen gotischen Brunnen auf dem Marktplatze waren die bunten Belustigungen des Weihnachtsmarktes aufgeschlagen. Und wo man ging, atmete man mit dem Duft der zum Kauf gebotenen Tannenbäume das Aroma des Festes ein.

Dann endlich kam der Abend des dreiundzwanzigsten Dezembers heran und mit ihm die Bescherung im Saale zu Haus, in der Fischergrube, eine Bescherung im engsten Kreise, die nur ein Anfang, eine Eröffnung, ein Vorspiel war, denn den Heiligen Abend hielt die Konsulin fest in Besitz, und zwar für die ganze Familie, so daß am Spätnachmittage des Vierundzwanzigsten die gesamte Donnerstagstafelrunde, und dazu noch Jürgen Kröger aus Wismar sowie Therese Weichbrodt mit Madame Kethelsen, im Landschaftszimmer zusammentraf. In schwerer, grau und schwarz gestreifter Seide, mit geröteten Wangen und erhitzten Augen, in einem zarten Duft von Patschuli, empfing die alte Dame die nach und nach eintretenden Gäste, und bei den wortlosen Umarmungen klirrten ihre goldenen Armbänder leise. Sie war in unaussprechlicher stummer Erregung an diesem Abend. «Mein Gott, du fieberst ja, Mutter!» sagte der Senator, als er mit Gerda und Hanno eintraf. «Alles kann doch ganz gemütlich vonstatten gehen.» Aber sie flüsterte, indem sie alle drei küßte: «Zu Jesu Ehren. – Und dann mein lieber seliger Jean …»

In der Tat, das weihevolle Programm, das der verstorbene Konsul für die Feierlichkeit festgesetzt hatte, mußte aufrechterhalten werden, und das Gefühl ihrer Verantwortung für den würdigen Verlauf des Abends, der von der Stimmung einer tiefen, ernsten und inbrünstigen Fröhlichkeit erfüllt sein mußte, trieb sie rastlos hin und her – von der Säulenhalle, wo schon die Marien-Chorknaben sich versammelten, in den Eßsaal, wo Riekchen Severin letzte Hand an den Baum und die Geschenktafel legte, hinaus auf den Korridor, wo scheu und verlegen einige fremde alte Leutchen umherstanden, Hausarme, die ebenfalls an der Bescherung teilnehmen sollten, und wieder ins Landschaftszimmer, wo sie mit einem stummen Seitenblick jedes überflüssige Wort und Geräusch strafte. Es war so still, daß man die Klänge einer entfernten Drehorgel vernahm, die zart und klar wie die einer Spieluhr aus irgendeiner beschneiten Straße den Weg hierher fanden. Denn obgleich nun an zwanzig Menschen im Zimmer saßen und standen, war die Ruhe größer als in einer Kirche, und die Stimmung gemahnte, wie der Senator ganz vorsichtig seinem Onkel Justus zuflüsterte, ein wenig an die eines Leichenbegängnisses …

«Tochter Zion, freue dich!» sangen die Chorknaben, und sie, die eben noch da draußen so hörbare Allotria getrieben, daß der Senator sich einen Augenblick an die Tür hatte stellen müssen, um ihnen Respekt einzuflößen – sie sangen nun ganz wunderschön. Diese hellen Stimmen, die sich, getragen von den tieferen Organen, rein, jubelnd und lobpreisend aufschwangen, zogen aller Herzen mit sich empor, ließen das Lächeln der alten Jungfern milder werden und machten, daß die alten Leute in sich hineinsahen und ihr Leben überdachten, während die, welche mitten im Leben standen, ein Weilchen ihrer Sorgen vergaßen.

Hanno ließ sein Knie los, das er bislang umschlungen gehalten hatte. Er sah ganz blaß aus, spielte mit den Fransen seines Schemels und scheuerte seine Zunge an einem Zahn, mit halbgeöffnetem Munde und einem Gesichtsausdruck, als fröre ihn. Dann und wann empfand er das Bedürfnis, tief aufzuatmen, denn jetzt, da der Gesang, dieser glockenreine A-cappella-Gesang, die Luft erfüllte, zog sein Herz sich in einem fast schmerzhaften Glück zusammen. Weihnachten. – Durch die Spalten der hohen, weißlackierten, noch fest geschlossenen Flügeltür drang der Tannenduft und erweckte mit seiner süßen Würze die Vorstellung der Wunder dort drinnen im Saale, die man jedes Jahr aufs neue mit pochenden Pulsen als eine unfaßbare, unirdische Pracht erharrte. Was würde dort drinnen für ihn sein? Das, was er sich gewünscht hatte, natürlich, denn das bekam man ohne Frage, gesetzt, daß es einem nicht als eine Unmöglichkeit zuvor schon ausgeredet worden war. Das Theater würde ihm gleich in die Augen springen und ihm den Weg zu seinem Platze weisen müssen, das ersehnte Puppentheater, das dem Wunschzettel für Großmama stark unterstrichen zu Häupten gestanden hatte ...

«Jauchze laut, Jerusalem!» schlossen die Chorknaben, und die Stimmen, die fugenartig nebeneinander hergegangen waren, fanden sich in der letzten Silbe friedlich und freudig zusammen. Der klare Akkord verhallte, und tiefe Stille legte sich über Säulenhalle und Landschaftszimmer. Die Mitglieder der Familie blickten unter dem Drucke der Pause vor sich nieder; nur Direktor Weinschenks Augen schweiften keck und unbefangen umher, und Frau Permaneder ließ ihr trockenes Räuspern vernehmen, das ununterdrückbar war. Die Konsulin aber schritt langsam zum Tische und setzte sich inmitten ihrer Angehörigen auf das Sofa, das nun nicht mehr wie in alter Zeit unabhängig und abgesondert vom Tische dastand. Sie rückte die Lampe zurecht und zog die große Bibel heran, deren altersbleiche

Goldschnittfläche ungeheuerlich breit war. Dann schob sie die Brille auf die Nase, öffnete die beiden ledernen Spangen, mit denen das kolossale Buch geschlossen war, schlug dort auf, wo das Zeichen lag, daß das dicke, rauhe, gelbliche Papier mit dem übergroßen Druck zum Vorschein kam, nahm einen Schluck Zuckerwasser und begann, das Weihnachtskapitel zu lesen.

Sie las die altvertrauten Worte langsam und mit einfacher, zu Herzen gehender Betonung, mit einer Stimme, die sich klar, bewegt und heiter von der andächtigen Stille abhob. «Und den Menschen ein Wohlgefallen!» sagte sie. Kaum aber schwieg sie, so erklang in der Säulenhalle dreistimmig das «Stille Nacht, heilige Nacht», in das die Familie im Landschaftszimmer einstimmte. Man ging ein wenig vorsichtig zu Werke dabei, denn die meisten der Anwesenden waren unmusikalisch, und hie und da vernahm man in dem Ensemble einen tiefen und ganz ungehörigen Ton. Aber das beeinträchtigte nicht die Wirkung dieses Liedes. Frau Permaneder sang es mit bebenden Lippen, denn am süßesten und schmerzlichsten rührt es an dessen Herzen, der ein bewegtes Leben hinter sich hat und im kurzen Frieden der Feierstunde Rückblick hält. Madame Kethelsen weinte still und bitterlich, obgleich sie von allem fast nichts vernahm.

Und dann erhob sich die Konsulin. Sie ergriff die Hand ihres Enkels Johann und die ihrer Urenkelin Elisabeth und schritt durch das Zimmer. Die alten Herrschaften schlossen sich an, die jüngeren folgten, in der Säulenhalle gesellten sich die Dienstboten und die Hausarmen hinzu, und während alles einmütig «O Tannenbaum» anstimmte und Onkel Christian vorn die Kinder zum Lachen brachte, indem er beim Marschieren die Beine hob wie ein Hampelmann und albernerweise «O Tantenbaum» sang, zog man mit geblendeten Augen und einem Lächeln auf dem Gesicht durch die weitgeöffnete hohe Flügeltür direkt in den Himmel hinein.

Der ganze Saal, erfüllt von dem Dufte angesengter Tannenzweige, leuchtete und glitzerte von unzähligen kleinen Flammen, und das Himmelblau der Tapete mit ihren weißen Götterstatuen ließ den großen Raum noch heller erscheinen. Die Flämmchen der Kerzen, die dort hinten zwischen den dunkelrot verhängten Fenstern den gewaltigen Tannenbaum bedeckten, welcher, geschmückt mit Silberflittern und großen weißen Lilien, einen schimmernden Engel an seiner Spitze und ein plastisches Krippenarrangement zu seinen Füßen, fast bis zur Decke emporragte, flimmerten in der allgemeinen Lichtflut wie ferne Sterne. Denn auf der weißgedeckten Tafel, die sich lang und breit, mit den Geschenken beladen, von den Fenstern fast bis zur Türe zog, setzte sich eine Reihe kleinerer, mit Konfekt behängter Bäume fort, die ebenfalls von brennenden Wachslichtern erstrahlten. Und es brannten die Gasarme, die aus den Wänden hervorkamen, und es brannten die dicken Kerzen auf den vergoldeten Kandelabern in allen vier Winkeln. Große Gegenstände, Geschenke, die auf der Tafel nicht Platz hatten, standen nebeneinander auf dem Fußboden. Kleinere Tische, ebenfalls weiß gedeckt, mit Gaben belegt und mit brennenden Bäumchen geschmückt, befanden sich zu den Seiten der beiden Türen: Das waren die Bescherungen der Dienstboten und der Hausarmen.

Singend, geblendet und dem altvertrauten Raume ganz entfremdet umschritt man einmal den Saal, defilierte an der Krippe vorbei, in der ein wächsernes Jesuskind das Kreuzeszeichen zu machen schien, und blieb dann, nachdem man Blick für die einzelnen Gegenstände bekommen hatte, verstummend an seinem Platze stehen.

Hanno war vollständig verwirrt. Bald nach dem Eintritt hatten seine fieberhaft suchenden Augen das Theater erblickt – ein Theater, das, wie es dort oben auf dem Tische prangte, von so extremer Größe und Breite erschien, wie er es sich vorzustellen niemals erkühnt hatte. Aber sein Platz hatte gewechselt, er befand sich an einer der vorjährigen entgegengesetzten Stelle, und dies bewirkte, daß Hanno in seiner Verblüffung ernstlich daran zweifelte, ob dies fabelhafte Theater für ihn bestimmt sei. Hinzu kam, daß zu den Füßen der Bühne, auf dem Boden, etwas Großes, Fremdes aufgestellt war, etwas, was nicht auf seinem Wunschzettel gestanden hatte, ein Möbel, ein kommodenartiger Gegenstand – war er für ihn?

«Komm her, Kind, und sieh dir dies an», sagte die Konsulin und öffnete den Deckel. «Ich weiß, du spielst gern Choräle. Herr Pfühl wird dir die nötigen Anweisungen geben. Man muß immer treten – manchmal schwächer und manchmal stärker – und dann die Hände nicht aufheben, sondern immer nur so peu à peu die Finger wechseln.»

Es war ein Harmonium, ein kleines hübsches Harmonium, braun poliert, mit Metallgriffen an beiden Seiten, bunten Tretbälgen und einem zierlichen Drehsessel. Hanno griff einen Akkord – ein sanfter Orgelklang löste sich los und ließ die Umstehenden von ihren Geschenken aufblikken. Hanno umarmte seine Großmutter, die ihn zärtlich an sich preßte und ihn dann verließ, um die Danksagungen der anderen entgegenzunehmen.

Er wandte sich dem Theater zu. Das Harmonium war ein überwältigender Traum, aber er hatte doch fürs erste noch keine Zeit, sich näher damit zu beschäftigen. Es war der Überfluß des Glückes, in dem man, undankbar gegen das einzelne, alles nur flüchtig berührt, um erst einmal das Ganze übersehen zu lernen.

Rose Ausländer

Hoffnung II

Wer hofft
ist jung

Wer könnte atmen
ohne Hoffnung
daß auch in Zukunft
Rosen sich öffnen

ein Liebeswort
die Angst überlebt

Dietrich Bonhoeffer – Maria von Wedemeyer

«Das Herz ist voll von friedlichen Gedanken»

22. Dezember 1943 Sprecherlaubnis
Am 18. November 1943 war Bonhoeffer vom Reichskriegsgericht mitgeteilt worden, daß die Hauptverhandlung gegen ihn am 17. Dezember stattfinden sollte. Er hatte damit gerechnet, als deren Ergebnis noch vor Weihnachten aus der Haft entlassen zu werden. Diese Hoffnung zerschlug sich jedoch mit der Verschiebung seines Prozesses auf einen späteren Zeitpunkt. Infolge der draußen gegebenen Übersicht arbeiteten Familie und Freunde darauf hin, Bonhoeffers Prozeß, wenn überhaupt, dann nur in Verbindung mit dem Hans von Dohnanyis zustande kommen zu lassen, weil man befürchtete, daß sich der Prozeß nicht auf die relativ harmlosen Anklagepunkte beschränken ließ. Wie Bonhoeffer zumute war, offenbart sein Brief an Eberhard Bethge vom 22. Dezember 1943:

«Nun scheint die Entscheidung gefallen zu sein, daß ich Weihnachten nicht bei Euch sein kann – aber keiner wagt es mir zu sagen. Warum eigentlich nicht? Traut man mir so wenig contenance zu oder hält man es für schonender, mich von Tag zu Tag in leeren Hoffnungen zu wiegen? Die arme Maria. Für sie wäre es auch leichter, wenn man ihr klaren Wein einschenkte. Die Engländer haben für diesen Zustand das treffende Wort ‹tantalisieren› geprägt. Aus lauter Mitleid hat man Maria und mich ein paar Wochen lang ‹tantalisiert›. […] Macht Euch bitte keine Sorgen um mich, wenn etwas Schlimmeres geschieht. Das haben andere Brüder auch schon durchgemacht. Aber ein glaubensloses Hin- und Herschwanken, ein endloses Beraten ohne Handeln, ein Nichts-

wagen-wollen, das ist eine wirkliche Gefahr. Ich muß die Gewißheit haben können, in Gottes Hand und nicht in Menschenhänden zu sein. Dann wird alles leicht, auch die härteste Entbehrung. [...] In dieser Richtung sind die Gegner viel weniger gefährlich als die guten Freunde. Und vermutlich bist Du der einzige, der das versteht. Ich glaube, daß auch Maria schon etwas davon spürt. Wenn Du in den nächsten Tagen und Wochen an mich denkst, so tue es bitte in diesem Sinne (Ps. 60,4 [‹Du hast die Erde bewegt und gespalten. Heile ihre Risse, daß sie nicht zerfalle.›]). [...]»

Mein liebster Dietrich! [Pätzig] 23. XII. 43

Eigentlich ist es schon Schlafenszeit, aber nun bin ich noch einmal aufgestanden, um an Dich zu schreiben. – Was denkst Du, wenn Du Dich an unser letztes Zusammensein erinnerst? Sag mir, hab' ich Dich mit einem Brief betrübt. Das wollte ich nicht, glaub es mir. Sieh, ich kann nur meine Briefe nicht immer mit einer Absicht schreiben. Ich hab große Sehnsucht danach, Dir einmal ganz einfach so zu schreiben, wie es im Augenblick kommt. Aber das kann ich nicht. Es würde ein krauses Durcheinander und Du könntest es gar nicht verstehen. – Wenn nun in meinen Briefen einmal ein Stück davon durchguckt, so mußt Du es nicht so ernst nehmen. Wohl ist es ein Stück von dem, was ich meine; aber eben nur ein Stück, es gehört noch sehr viel anderes dazu, und wenn Du dies weißt, dann weiß ich auch, daß Du mich verstehen wirst. –

Schreib mir bitte, daß es nicht Einbildung ist, wenn ich diese letzte Sprecherlaubnis schön fand. Ich habe mich so auf Dich gefreut und konnte es kaum erwarten, bis endlich wirklich die Tür aufging und Du hereinkamst. Das war nun eben schon *mein* Weihnachten, und es war ein wirklich *schönes.* Ich werde immer dran denken in diesen Tagen, und Deine Briefe will ich lesen, und dann wird es gehen, glaub' das.

Wenn ich doch mit Dir tauschen könnte. Ich würde so glücklich sein, könnte ich Weihnachten in Deiner Zelle statt Deiner sitzen. Gab es nicht früher einmal so etwas? Die moderne Zeit ist vom Übel! – Wir machten heut den Krippenaufbau in der Weihnachtsstube, und Du fehltest so. Mit jeder Figur, mit jeder neuen Idee wäre ich so gern erst zu Dir gekommen. Du hättest Dich ja freuen müssen, und erst dann wäre ich auch froh geworden. – Aber unvorstellbar ist es doch, daß Du plötzlich da wärst und daß wir allein zusammen sein könnten und reden, was wir wollten. Allein das träumen davon ist schon so überwältigend, daß ich manchmal an andere Dinge gewaltsam denken muß, weil es sich so nicht ertragen läßt. –

Ich hab eine unglückliche Liebe zu träumen. Vater konnte immer so schön träumen. Entweder man nahm es gar nicht ernst, oder es traf ein. – Aber ich nehme es immer ernst, und es kommt dann doch jedesmal anders. – Vielleicht ist es doch nicht praktisch. Du!!!

Vielleicht müßte ich Dir jetzt einen geistreichen Brief schreiben. Aber das geht nicht. Dazu bin ich viel zu glücklich und traurig durcheinander. Ich kann Dir eigentlich nur immer wieder sagen, daß es schön ist, neben Dir zu sitzen, auch wenn es nur kurz ist, und daß ich mich danach sehne, jetzt bei Dir sein zu können. – Das sind nicht alte Kamellen, das ist jeden Tag wieder neu so und – wie mir scheint – nach jedem Wiedersehen sehr viel stärker. Ich glaube, ich komme in den Weihnachtstagen doch noch einmal herüber, weil Du gesagt hast, Du freutest Dich auch schon darüber, wenn man nur etwas für dich brächte. –

Und vielleicht kommt doch bald noch ein Brief von Dir. –

Von Herzen Deine Maria

Meine geliebte Maria! [Tegel] Heilig Abend, 1943

Dies ist ein Augenblick, in dem man so viel zu sagen hat, daß man eigentlich nur schweigen kann. Das Herz ist so voll von guten, friedlichen und dankbaren Gedanken, und es weiß sich so geborgen vor allen Gefahren und Anfechtungen, daß es etwas abgeben möchte von dem, was es unverdient empfangen hat. Ich habe eben die Weihnachtsgeschichte gelesen, habe in Ruhe die Weihnachtsbilder aus Deinem schönen Buch betrachtet, habe ein paar Lieder mir still aufgesagt und bei all dem an Dich, an Euch alle, an die Brüder im Feld, an die Menschen in diesem Haus gedacht; vor mir steht, von Deinen Kerzen beleuchtet, die kleine Marienfigur, die Du mir schenktest – ein Geschenk Deines Vaters –, dahinter stehen die aufgeschlagenen Losungen, links von ihnen die ‹betenden Hände›, rechts das geöffnete Futteral mit Deinen Bildern, das Du mir selbst gearbeitet und geschenkt hast. Etwas oberhalb hängt noch Dein Adventskranz, hinter mir auf der Bettkante habe ich die Handschuhe, die Du mir genäht hast, die Bücher, die Du mir ausgesucht hast – dazu die von Mutter und Großmutter –, und die Pfefferkuchen aufgestellt, an meinem Arm trage ich Vaters Uhr, die er trug, als er fiel, und die Du mir geschenkt, gebracht und selbst an meinem Arm befestigt hast. Meine Maria, Du bist überall um mich, wo ich in meiner Zelle hinsehe, sehe ich Dich. Zwar bist Du weit weg; in dieser Stunde – es ist 5 Uhr – werdet Ihr wohl in der Kirche sein, und Du wirst an mich denken und Gott für mich bitten, wie Du es täglich tust; es ist so schwer, getrennt zu sein, wenn man sich liebhat; aber nicht wahr, wir sind in Wirklichkeit nie getrennt, nie, nie. Wie werde ich jemals in meinem Leben den Schmerz, den ich Dir in diesen vergangenen Monaten zugefügt habe – wahrhaftig ohne mein Wollen –, wiedergutmachen können? Nicht anders und nie anders, liebste Maria, als indem ich Dich liebhabe, solange ich lebe und darüber hinaus, und daß ich Dich um Deine Liebe, die mir nur ein Wunder sein kann, bitte. Hab vielen Dank für Deinen so guten Weihnachtsbrief, der gerade heute ankam. Jedes Wort war ein Weihnachtsgeschenk. –

Sag auch der Mutter und Großmutter, daß ich ihnen von Herzen für ihre Grüße danke. In was für einem Reichtum von menschlicher Liebe dürfen wir beide uns geborgen wissen, und indem ich an die vielen Glieder meiner und Eurer Familie denke, nehme ich unaufhörlich unsichtbare Grüße, Wünsche und Gebete, die uns beiden und unserer Zukunft gelten, in Empfang. Dazu darf ich wissen, daß in diesen heutigen Abendstunden eine große Zahl meiner ehemaligen Schüler von allen Fronten her an mich denken, und die mehr als dreißig von ihnen, die gefallen sind und das ewige Weihnachten bei Gott feiern, sind über unser Erkennen und Verstehen hinaus mit uns und mit der ganzen Kirche Christi verbunden. –

Eben fällt mein Blick wieder auf Dein Paket. Wie festlich hast Du es mir zugerichtet. Ich erhielt es heute mittag als große Überraschung. Auch für den baumwollenen Sweater, der doch nur von Dir gestrickt sein kann, habe ich Dir noch nicht gedankt; ich habe ihn vor Freude gleich angezogen. Er ist herrlich warm und leicht zugleich. – Meine liebste Maria, im festen Glauben an Gottes Liebe, die uns zu Jesus Christus ruft, in unserer Liebe zueinander und getragen von der Liebe vieler Verwandter und Freunde wollen wir sehr getrost und zuversichtlich in das neue Jahr gehen.

Immer Dein Dietrich

Mein einzig lieber Dietrich! Pätzig, den 25. XII. 43

Wir haben lange unter dem Weihnachtsbaum gesessen und Lieder gesungen; haben in den Stall geschaut zu Maria und Joseph, zu Ochs und Esel und dem Kind in der Krippe und alle unsere Gedanken und Sorgen, unser ganzes Herz auf das Stroh vor die Krippe legen dürfen. Und es ist eine große

Ruhe von da ausgegangen. Ich hab – als die andern ins Bett gegangen waren – einen Weg durch den Park gemacht und ruhig und dankbar an Dich denken können. Dank Dir immer, daß Du mir halfst. Könntest Du nur meine Kräfte und Gedanken auch in Dir gespürt haben! – – Es ist tiefe, dunkele Nacht, und die Gedanken wandern weite Wege. Jetzt, da all der Jubel, die Freude, der Kerzenschein und auch die Unruhe und der Lärm des Tages vorbei sind und es still geworden ist, drinnen und draußen, da werden andere Stimmen wach. Stimmen und Klänge werden hörbar, die der Alltag schweigen macht. Laute, die zu Dir gehen, und solche, die von Dir kommen. Der kühle Nachtwind und das Geheimnis der Dunkelheit kann die Herzen öffnen und läßt Kräfte hervor, die unbegreifbar, aber gut und tröstend sind. – Und noch eins: weißt Du, daß die Toten die Nacht suchen, um zu den Lebenden zu sprechen. Weißt Du, daß sie wirklich Engel geworden sind, daß das gar kein Kleinkinderglaube ist; ich weiß es ganz sicher, und Du mußt es auch wissen. – Glaubst Du, daß es eine andere Tageszeit gäbe, die besser für Zwiesprache geeignet wäre, als die Nacht. Sieh, darum hat auch Christus die Nacht gewählt, um zu uns zu kommen – mit seinen Engeln. – Ja, und heute ist Weihnachten! Und ich bitte, daß Gott Deinem traurigen, leidüberladenen Herzen den rechten Weihnachtsfrieden schenkt. Den Frieden, der eben höher ist, denn alle Vernunft.

Mein liebster großer Dietrich-Bruder, weißt Du, ich bin doch sehr traurig – aber nicht verzweifelt. Ich bin traurig und ruhig und hab Dich sehr, sehr lieb. –

Möchtest Du wissen, was ich zu Weihnachten erhielt? Ich bekam etwas, das sich nicht so sichtbar auf den Gabentisch legen läßt und was doch größer und wahrer ist, als all der Flitterkram der jetzt da liegt. Etwas, wofür man auch nicht danken kann, weil das Freuen alles andere Denken und Tun einfach überdeckt und das ganze Herz ausfüllt.

Etwas, das nicht nur mein Glück, meine Freude, meine

Hoffnung, mein Denken und Fühlen ist, sondern mein ganzes Leben, mein Alles. Spürst Du, was es ist? Und weißt Du, daß Du selbst es mir heute gabest. – Was tut es, daß ich unter vielen Menschen sehr einsam bin und weinen muß. Dietrich, Du, vergib mir. –

Soll ich Dir ein wenig erzählen, wie unser Weihnachten war? Am 23. abends bekamen wir noch plötzlich den Auftrag vom Arbeitsamt, unsern ausländischen Arbeitern auch eine kleine Weihnachtsfeier zu machen. Das war in diesem Jahr ganz neu. So fingen wir bald nach dem Mittagessen an, zu den 4 verschiedenen Arbeitergruppen zu gehen, die alle einzeln feiern mußten. Sie bekamen einen Weihnachtsbaum und jeder eine Menge Pfefferkuchen und Äpfel. Und es war hübsch, die Lichte in den strahlenden Augen der Kinder und Erwachsenen widerspiegeln zu sehn. – Um 4 begann die Bescherung der Schulkinder. Es gibt ja doch grade Weihnachten keinen Augenblick, an dem ich Vater nicht vor mir sehe, ihn höre und fühle. Viele liebe Worte, die er zu seinen Dorfkindern sagte, sind dann wieder da, seine Stimme, die die Weihnachtsgeschichte vorliest und die die Kinder für ihre Verse lobt, seine Hand, die den Jungens über den Kopf strich und die sogar den kleinen niedlichen Mädels das alte Traditionsgeschenk, die Schürze, hinten zuband. – Diesmal bekamen die Kinder ja natürlich keine solchen Herrlichkeiten. Jedes erhielt ein kleines Büchlein und ein Pappspiel, das aber auch mit großem Jubel begrüßt wurde. Auch die Familien bekamen jeder etwas Nützliches. Es ist so hübsch, daß alle solche Geschenke wieder einen richtigen Wert bekommen und daß der Pfefferkuchenteller eben nicht einfach nur selbstverständlich – sondern für Kinder und Erwachsene ein richtiges Freudengeschenk wird. – Wir sind dann durchs Dorf gezogen und haben den alten Frauen und Männern und solchen, die einen besonderen Kummer hatten, Lieder gesungen und jedem ein Licht gebracht, damit die, die nicht mehr in die Kirche gehen konnten, auch ein Weihnachtsfest hatten. – Als es dann ganz dunkel war, gingen wir alle miteinander durch die große breite Kastanienallee zur Kirche. Ach, daß Du nicht dabei warst! Die Pätziger Christvesper lieben wir alle sehr. Sie ist eigentlich nur die Weihnachtsgeschichte und viele, viele Lieder dazwischen, von den Chorkindern und von der Gemeinde abwechselnd gesungen. Man wird mit hineingerissen in einen großen Strom des Lobens und Jubelns. Noch nie hab ich die wirkliche Gemeinde so gespürt, wie in diesen Stunden. Wenn die Orgel noch «o Du fröhliche» spielt, gehen wir fort, und begleitet von den Klängen wandern wir durch den dunklen Garten. Ja, und Peter ist es unverständlich, wie Mutter so langsam gehen kann, ‹weil doch vielleicht wirklich der Weihnachtsbaum im Saal schon brennt› und die Geschenke auf ihn warten. Aber erst kommt noch eine lange Wartezeit in der dunklen Stube, bis endlich, endlich die Tür aufgeht, und der helle Baum selbst den letzten dunklen Winkel mit erstrahlen läßt. Wir gehen miteinander bis zur Krippe unterm Baum und knien davor und sind doch wieder, wie ganz kleine Kinder, die es nur schön finden, schön und hell und überwältigend. –

Du hättest den Jubel von Peter hören sollen über sein Jagdhorn und Max's Hirschfänger und über einen dicken, prallen Fußball. Hans-Werner wandelte, trotz eines sehr warmen Zimmers, im Jagdpelz umher, stolz wie ein Finanzminister. Und die kleinen Mädchen lagen sofort mitten auf dem Teppich auf dem Bauch und verschlangen ihre Spyribücher. – Ich bekam einen weißgemusterten Abendkleidstoff – Glasbatist, glaube ich – das ist herrlich, denn ich mache Gardinen daraus. Abendkleider hab ich ja noch, und noch und was soll ich schließlich damit. Ein Tischtuch mit eingewebtem Wappen, eine sehr hübsche Kette von Mutter, viele Bücher und noch vieles andere. Aber das ist langweilig. – Am meisten habe ich mich, glaube ich, doch gefreut über die eine Kette von Mama, die Du einmal für sie aussuchtest und die ich jetzt schon sehr liebe. Es ist so lieb von der

Mama gewesen, sie mir zu schenken. Sicher hat sie sich schwer getrennt, besonders, da sie von Dir kam. – Ach Du, von der Mama und von Papa, von Deinen Geschwistern und Eberhard müßte ich Dir noch viel erzählen. Aber ich glaube, man wird mir böse, weil der Brief schon so lang ist und Zeit zum korrigieren braucht. Und Anlaß zum Ärgern will ich doch wirklich *grade heute* nicht geben. –

Du mußt mich jetzt sehr lieb haben und sehr lieb behalten. Ich weiß, daß es sehr viel ist, was ich Dich bitte. Aber Du mußt auch wissen, daß ich Dich das ja nur so lange bitte, als Du es wirklich von allein kannst. Glaub mir, daß niemand Dich so gut verstehen könnte wie ich, wenn Du es nicht mehr könntest. Laß uns immer sehr ehrlich zueinander sein. – Ich möchte Dir täglich versprechen, daß ich mich bemühen will, Deiner wert zu werden. Aber ich kenne mein Unvermögen so gut und bin auch darüber traurig. –

Und nun kommt das neue Jahr, und es wird «unser» Jahr werden. Wir wollen beide froh daran denken. Mehr lieb haben als in diesem Jahr kann ich Dich nun aber nicht mehr, weil es seinen Höhepunkt eben schon erreicht hat. –

Ach, wärst Du hier – es wäre alles wieder gut und Dir gehörte eine sehr sehr glückliche

Maria

Rose Ausländer

Und

Und Wiesen gibt es noch
und Bäume und
Sonnenuntergänge
und
Meer
und Sterne
und das Wort
das Lied
und Menschen
und

Robert Walser

Wir haben uns, wenn wir abends zusammensaßen,
das Leben erzählt und haben die Flügel der Kindheit
wiederrauschen hören, wie das Kleid unserer Mutter auf
dem Zimmerboden rauschte, wenn sie den Kindern
entgegenkam.

Rose Ausländer

Warum

Sie machen Krieg und
fragen uns nicht

Sie streuen uns
Sand in die Augen

Wir fragen

warum Menschen frieren und
hungern müssen

warum unsre Brüder
verbluten müssen

warum wir den «Feind» aus Menschen
ermorden müssen

warum wir nicht leben dürfen
friedlich und heiter
in Liebe zum Nächsten
wie es geschrieben steht
im Alten und Neuen
Testament

Quellenverzeichnis

Walter Jens, Übersetzung der Weihnachtsgeschichte Lukas 2,1-14
aus: ders. (Hg.), Es begibt sich aber zu der Zeit
© 1988, Radius Verlag, Stuttgart

Wolf Biermann, Wann ist denn endlich Frieden
aus: ders., Alte Lieder
© 1991, Verlag Kiepenheuer & Witsch, Köln

Werner Schneyder, Weihnachtsaphorismen
aus: Weihnachtszeit schön verschneit. Ein literarisches Hausbuch, hg. von Adolf Haslinger, dtv-Verlag, München 1985, S. 136
© beim Autor

Sarah Kirsch, Rückenwind
aus: dies., Rückenwind
© 1977, Verlag Langewiesche-Brandt, Ebenhausen

Gert Otto, Weihnachten
1998, Predigt, unveröffentlicht; © beim Autor

Charlotte Johnstone, Merry Christmas, lady
1998, unveröffentlicht, © bei der Autorin

Christine Brückner, Geboren am 24. Dezember 1945
aus: dies., Was ist schon ein Jahr. Frühe Erzählungen
© 1987, Verlag Ullstein GmbH, Frankfurt/M/Berlin

Robert Walser, Es gibt Stunden im Leben
aus: ders., Das Gesamtwerk
© 1978, Suhrkamp Verlag, Zürich/Frankfurt/M; mit Genehmigung der Inhaberin der Rechte, der Carl-Seelig-Stiftung, Zürich

Ilse Aichinger, Vor der langen Zeit
aus: dies., Kleist, Moos, Fasane
© 1987, S. Fischer Verlag GmbH, Frankfurt/M

Ruth Elias, ‹Am Zaun›
aus: dies., Die Hoffnung erhielt mich am Leben
© 1988, Piper Verlag GmbH, München

Sarah Kirsch, Zwischenlandung
aus: dies., Landaufenthalt
© 1969/77, Verlag Langewiesche-Brandt, Ebenhausen

Hans Rosenthal, Der gelbe Stern
aus: ders., Zwei Leben in Deutschland, S.88–90
1982, Gustav Lübbe Verlag, Bergisch-Gladbach
© Traudel Rosenthal

Rose Ausländer, Mittelpunkt I
aus: dies., Wieder ein Tag aus Glut und Wind. Gedichte 1980–1982
© 1986, S. Fischer Verlag GmbH, Frankfurt/M

Christine Brückner, Wenn es dämmert am Heiligen Abend …
aus: dies., Hat der Mensch Wurzeln? Autobiographische Texte, hg. von G. Tietz
© 1988, Verlag Ullstein GmbH, Frankfurt/M/Berlin

Rose Ausländer, Die Menschen
aus: dies., Wieder ein Tag aus Glut und Wind. Gedichte 1980–1982
© 1986, S. Fischer Verlag, Frankfurt/M

Nelly Sachs an Johannes Bobrowski – Brief vom 30. 11. 1964
aus: Die Briefe der Nelly Sachs, hg. von R. Dinesen/H. Müssener
© 1984, Suhrkamp Verlag, Frankfurt/M

Reiner Kunze, Weihnachten
aus: ders., Die wunderbaren Jahre
© 1976, S. Fischer Verlag GmbH, Frankfurt/M

Georg Trakl, Ein Winterabend
aus: ders., Das Gesamtwerk. Auf Grund der historisch-kritischen Ausgabe von Walter Killy und Hans Szklenar, dtv-Verlag, München 1986[10]
Otto Müller, Salzburg

Siegfried Lenz, Die Nacht im Hotel
aus: ders., Jäger des Spotts. Geschichten aus unserer Zeit
© 1958, Hoffmann und Campe Verlag, Hamburg

Hilde Domin, Älter werden
aus: dies., Gesammelte Gedichte
© 1987, S. Fischer Verlag GmbH, Frankfurt/M

Anne Frank, ‹Briefe an Kitty›
Tagebucheinträge vom Dienstag, 22. Dezember 1942 und Montag, 27. Dezember 1943
aus: Anne Frank Tagebuch. Einzig autorisierte und ergänzte Fassung Otto H. Frank und Mirjam Pressler.
© 1991 by Anne Frank-Fonds, Basel. Alle Rechte vorbehalten. S. Fischer Verlag GmbH, Frankfurt/M

Rose Ausländer, Wir leben
aus: dies., Wieder ein Tag aus Glut und Wind. Gedichte 1980–1982
© 1986, S. Fischer Verlag GmbH, Frankfurt/M

Wolfgang Borchert, Die drei dunklen Könige
aus: ders., Das Gesamtwerk
© 1949, Rowohlt Verlag, Hamburg

Günter Kunert, Weihnacht
aus: ders., Fremd daheim. Gedichte
© 1990, Carl Hanser Verlag, München-Wien

Ingeborg Drewitz, Denk ich an Weihnacht
aus: Denk ich an Weihnacht ... Erinnerungen, Erzählungen, Gedanken, Gedichte, hg. von Horst Nitschke
1984, Gütersloher Verlagshaus Gerd Mohn, Gütersloh
© bei der Autorin

Ilse Aichinger, Das Fenster-Theater
aus: dies., Der Gefesselte. Erzählungen
© 1954, S. Fischer Verlag GmbH, Frankfurt/M

Johannes Bobrowski, Weihnachtsgetier
aus: ders., Sarmatische Zeit/Schattenland Ströme. Gedichte
© 1998, Deutsche Verlags-Anstalt GmbH, Stuttgart

Ernst Toller an Netty Katzenstein – Brief vom 14. 8. 1922
aus: ders., Briefe aus dem Gefängnis. Gesammelte Werke, Bd. 5
© 1978, Carl Hanser Verlag, München-Wien

Johannes Bobrowski, Wie hatte die Vergeblichkeit der Jahre ...
aus: Gesammelte Werke, Bd. 2. Gedichte aus dem Nachlaß,
hg. von Eberhard Haufe
© 1998, Deutsche Verlags-Anstalt GmbH, Stuttgart

Victor Klemperer, Dezember 1943
aus: ders., Ich will Zeugnis ablegen bis zum letzten, Tagebücher 1942–1945, S. 463–465
© 1995, Aufbau-Verlag GmbH, Berlin

Franz Kafka, Heimkehr
aus: ders., Sämtliche Erzählungen, hg. von Paul Raabe
1969, S. Fischer Verlag GmbH, Frankfurt/M

Dorothee Sölle, Märchentagung
aus: dies., spiel doch von brot und rosen. Gedichte
© 1981, Wolfgang Fietkau Verlag, Berlin

Stefan Heym, Mary
aus: Warten, daß er kommt. Advent und Weihnachten, hg. von Sigrid und Horst Klaus Berg, München/Stuttgart 1986
© 1954 by Stefan Heym; mit Genehmigung von Mohrbooks AG, Zürich

Dorothee Sölle, In dieser nacht
aus: dies., Meditationen und Gebrauchstexte
© 1969, Wolfgang Fietkau Verlag, Berlin

Helmut Gollwitzer, Weihnachten 1945–1948
aus: ders., ... und führen, wohin du nicht willst, Frankfurt/M (Fischer) 1954, S. 255–258
© Chr. Kaiser/Gütersloher Verlagshaus, Gütersloh

Peter Huchel, Dezember 1942
aus: ders., Chausseen, Chausseen. Gedichte
© 1963, S. Fischer Verlag GmbH, Frankfurt/M

Günter Kunert, Ein Gegenbild
aus: Walter Jens (Hg.), Frieden. Die Weihnachtsgeschichte in unserer Zeit
1981, Kreuz Verlag, Stuttgart
© beim Autor

Peter Handke, Lebensbeschreibung
aus: ders., Prosa, Gedichte, Theaterstücke
© 1969, Suhrkamp Verlag, Frankfurt/M

Bertolt Brecht, Maria
aus: ders., Gesammelte Werke, Bd. 8. Gedichte I, S. 122
© 1967, Suhrkamp Verlag, Frankfurt/M

Friedrich Dürrenmatt, Weihnacht
aus: ders., Aus den Papieren eines Wärters. Frühe Prosa
© 1986, Diogenes Verlag AG, Zürich

Karl Rahner, Gott ist gekommen
aus: Es begab sich aber zu der Zeit. Texte zur Weihnachtsgeschichte, hg. von Walter Jens
1988, Radius-Verlag, Stuttgart

Bertolt Brecht, Der Tag, vor dem der große Christ
aus: ders., Gesammelte Werke, Bd. 8. Gedichte I, S. 124
© 1967, Suhrkamp Verlag, Frankfurt/M

Henning Luther, Das Fest des Kindes. Predigt
aus: ders., Frech achtet die Liebe das Kleine. Biblische Texte in Szene setzen. Spätmoderne Predigten
© 1991, Radius-Verlag, Stuttgart

Dorothee Sölle, Meditation über lukas 1
aus: dies., die revolutionäre geduld
© 1974, Wolfgang Fietkau Verlag, Berlin

Fulbert Steffensky, Zweifel – und Zweifel am Zweifel
aus: Walter Jens (Hg.), Frieden. Die Weihnachtsgeschichte in unserer Zeit
1981, Kreuz Verlag, Stuttgart
© beim Autor

Hanns Dieter Hüsch, Segen zum Frieden
aus: ders., Das Schwere leicht gesagt, 1997/4
© 1991, tvd-Verlag, Düsseldorf, S. 148 ff.

Dorothee Sölle, Weihnachtsgebet
aus: dies., Verrückt nach Licht. Gedichte
© 1984, Wolfgang Fietkau Verlag, Berlin

Paul Tillich, Im Grabe geboren
aus: ders., In der Tiefe ist Wahrheit. Religiöse Reden. 1. Folge
© 1952, Verlag Walter de Gruyter GmbH, Berlin

Rose Ausländer, Bruder
aus: dies., Wieder ein Tag aus Glut und Wind. Gedichte 1980–1982
© 1986, S. Fischer Verlag GmbH, Frankfurt/M

Rose Ausländer, Einverständnis II
aus: dies., Einverständnis
© 1980, Pfaffenweiler Presse, 79292 Pfaffenweiler

Klaus Wilms und Harald Henry, Zwei Frontbriefe
aus: Klaus Wilms und Harald Henry, Kriegsbriefe gefallener Studenten 1939–1945, hg. von W. Bähr/H. W. Bähr, Tübingen 1952
Neu aufgelegt in: Historische Augenblicke. Deutsche Briefe des 20. Jahrhunderts, hg. und kommentiert von Jürgen Moeller
© 1988, C. H. Beck, München

Erich Fried, Halten
aus: ders., Die bunten Getüme
© 1977, Verlag Klaus Wagenbach, Berlin

Christa Wolf, Sich-Erinnern
aus: dies., Lesen und Schreiben. Neue Sammlung, 25 f.
© 1980, Luchterhand Literaturverlag GmbH, München

Karl Krolow, Eine Weihnachtserinnerung, die ich nicht vergaß
aus: Es begab sich aber zu der Zeit. Texte zur Weihnachtsgeschichte, hg. von Walter Jens
1988, Radius-Verlag, Stuttgart

Hilde Domin, Rückkehr
aus: dies., Gesammelte Gedichte
© 1987, S. Fischer Verlag GmbH, Frankfurt/M

Max Frisch, An Maja
aus: ders., Tagebuch 1946–1949. Gesammelte Werke in zeitlicher Folge 1944–1949, Bd. II,2, S. 481 f.
© 1950, Suhrkamp Verlag, Frankfurt/M

Rose Ausländer, Wachsen,
aus: dies., Wieder ein Tag aus Glut und Wind. Gedichte 1980–1982
© 1986, S. Fischer Verlag GmbH, Frankfurt/M

Hilde Domin, Es gibt dich
aus: dies., Gesammelte Gedichte
© 1987, S. Fischer Verlag GmbH, Frankfurt/M

Bertolt Brecht, Ich will mit dem gehen, den ich liebe
aus: ders., Der gute Menschen von Sezuan (Gesammelte Werke, Bd. 11)
© 1967, Suhrkamp Verlag Frankfurt/M

Thomas Mann, ‹Hannos Weihnacht›
aus: ders., Buddenbrooks
© 1960, S. Fischer Verlag GmbH, Frankfurt/M

Rose Ausländer, Hoffnung II
aus: dies., Ich höre das Herz des Oleanders. Gedichte 1977–1979
© 1984, S. Fischer Verlag GmbH, Frankfurt/M

Dietrich Bonhoeffer – Maria Wedemeyer, «Das Herz ist voll von friedlichen Gedanken», S. 100–107
aus: dies., Brautbriefe Zelle 92. Dietrich Bonhoeffer, Maria von Wedemeyer 1943–1945, hg. von Ruth-Alice von Bismarck und Ulrich Kabitz
© 1992, C.H. Beck'sche Verlagsbuchhandlung, München

Rose Ausländer, Und
aus: dies., Wieder ein Tag aus Glut und Wind. Gedichte 1980–1982
© 1986, S. Fischer Verlag GmbH, Frankfurt/M

Robert Walser, Wir haben uns …
aus: ders., Das Gesamtwerk
© 1978, Suhrkamp Verlag, Zürich/Frankfurt/M; mit Genehmigung der Inhaberin der Rechte, der Carl-Seelig-Stiftung, Zürich

Rose Ausländer, Warum
aus: dies., Ich höre das Herz des Oleanders. Gedichte 1977–1979
© 1984, S. Fischer Verlag GmbH, Frankfurt/M